Friedrich Wilhelm August Schmidt, Ludwig Geiger

Musen und Grazien in der Mark

Friedrich Wilhelm August Schmidt, Ludwig Geiger

Musen und Grazien in der Mark

ISBN/EAN: 9783744621809

Hergestellt in Europa, USA, Kanada, Australien, Japan

Cover: Foto ©Andreas Hilbeck / pixelio.de

Weitere Bücher finden Sie auf **www.hansebooks.com**

Musen und Grazien
in der Mark.

(Gedichte von S. W. A. Schmidt.)

Herausgegeben

von

Ludwig Geiger.

Berlin.
Verlag von Gebrüder Paetel.
1889.

Einleitung.

Der Titel dieses Bandes rührt von Goethe her. Unter diesem Titel parodirte er (17. Mai 1796) den von dem Buchhändler C. Spener in Berlin 1795 herausgegebenen „Kalender der Musen und Grazien," der als Fortsetzung des von F. W. A. Schmidt und J. C. Bindemann herausgegebenen „Neuen Berliner Musenalmanachs" erschien. Das Gedicht, zuerst im Schillerschen Musenalmanach auf 1797 veröffentlicht, seit 1800 in die Werke aufgenommen und zwar seit der Ausgabe von 1815 ziemlich unpassend in die Abtheilung „Gesellige Lieder" verwiesen, muß, trotzdem es häufig genug gedruckt ist, zum Verständniß des Folgenden hier eine Stelle finden. (Text nach d. Weim. Ausg. I., 146 ff.) Es lautet:

O wie ist die Stadt so wenig;
Laßt die Maurer künftig ruhn!
Unsre Bürger, unser König
Könnten wohl was Bessers thun.
Ball und Oper wird uns tödten;
Liebchen, komm auf meine Flur,
Denn besonders die Poeten,
Die verderben die Natur.

O wie freut es mich, mein Liebchen,
Daß du so natürlich bist;
Unsre Mädchen, unsre Bübchen
Spielen künftig auf dem Mist!
Und auf unsern Promenaden
Zeigt sich erst die Neigung stark.
Liebes Mädchen! laß uns waden
Waden noch durch diesen Quark.

Dann im Sand uns zu verlieren,
Der uns keinen Weg versperrt!
Dich den Anger hin zu führen,
Wo der Dorn das Röckchen zerrt!
Zu dem Dörfchen laß uns schleichen,
Mit dem spitzen Thurme hier;
Welch ein Wirthshaus sonder gleichen!
Trocknes Brot und saures Bier!

Sagt mir nichts von gutem Boden,
Nichts vom Magdeburger Land!
Unsre Samen, unsre Todten
Ruhen in dem leichten Sand.
Selbst die Wissenschaft verlieret
Nichts von ihrem raschen Lauf,
Denn bei uns, was vegetiret,
Alles keimt getrocknet auf.

Geht es nicht in unserm Hofe
Wie im Paradiese zu?
Statt der Dame, statt der Zofe
Macht die Henne glu! glu! glu!
Uns beschäftigt nicht der Pfauen,
Nur der Gänse Lebenslauf;
Meine Mutter zieht die grauen
Meine Frau die weißen auf.

Laß den Witzling uns besticheln!
Glücklich, wenn ein deutscher Mann
Seinem Freunde Vetter Micheln
Guten Abend bieten kann.
Wie ist der Gedanke labend:
Solch ein Edler bleibt uns nah!
Immer sagt man: gestern Abend
War doch Vetter Michel da!

Und in unsern Liedern keimet
Sylb' aus Sylbe, Wort aus Wort.

III

    Ob sich gleich auf Deutsch nichts reimet
Reimt der Deutsche dennoch fort.
Ob es kräftig oder zierlich,
Geht uns so genau nicht an;
Wir sind bieder und natürlich
Und das ist genug gethan.

    F. Kern, der das Gedicht zuletzt abgedruckt hat (Goethes Lyrik, ausgewählt und erklärt für die oberen Klassen höherer Schulen, Berlin 1889, S. 43 ff.) weist, nach Viehoff's Vorgang, auf einige Stellen in Schmidts Gedichten hin, welche Goethe im Auge hatte, z. B. für Str. 3 und Str. 5, doch handelt es sich für Goethe selbstverständlich weniger um Benutzung und Verspottung einzelner Stellen, als um Characterisirung und Verhöhnung der gesammten Dichtungsart.

    Auch noch in einer andren Stelle kam Goethe auf Schmidt zu sprechen, nämlich in der Xenie 246: Kalender der Musen und Grazien.

    Musen und Grazien! oft habt ihr euch schrecklich verirret,
    Doch dem Pfarrer noch nie selbst die Perrücke gebracht.

    Ob Goethe durch Tiecks Bemerkungen (vgl. unten und Tieck's crit. Schriften I. S. VIII) auf Schmidt von Werneuchen aufmerksam gemacht worden ist, bleibe dahingestellt.

    Das Goethesche Gedicht hatte einen weit größern Erfolg, als der Dichter ahnte. Es wurde nicht bloß zur Zeit seiner Abfassung sehr bewundert, sondern vernichtete für lange Zeit den Ruf des Betroffenen. Seitdem galt F. W. A. Schmidt, der Herausgeber jenes Almanachs, der auch in anderen Sammlungen weit häufiger als sein Genosse als Dichter aufgetreten war, als Hauptvertreter des Platten und Allzunatürlichen in der deutschen Dichtung, sowohl bei den Vertrauten des Goetheschen Kreises als auch bei den späteren Literarhistorikern, die, soweit sie überhaupt von dem Pastor von Werneuchen Notiz nahmen, nicht verfehlten, ihm im Vorbeigehen einen Hieb zu versetzen.

    Zwei Critiker waren es besonders, welche Schmidt zu vernichten eifrigst bestrebt waren: Schlegel und Tieck. Der Letztere beurtheilte den auch von Goethe behandelten Almanach; in seiner Critik, welcher er die obenerwähnte Wirkung nachrühmt, kamen die Worte vor: „Die Gemeinheit ist beim Verfasser mehr Affectation als Natur: wenn er seinen Geschmack mehr ausbildete und über den simplen Copisten der häßlichen

Natur erhöbe (— schöne Natur scheint ihm ein Aberglaube zu sein —), so würde es ihm mit seinem Talent, zu bemerken, vielleicht gelingen, interessante und individuelle Schilderungen zu liefern. Seine meisten Gemälde haben wenigstens den Vorzug, daß sie seine wirkliche Lage und Existenz darstellen." Schlegel kam sehr häufig auf Schmidt zu sprechen. Vielleicht ist direkt durch Goethe sein Gedichtchen erzeugt, auf welches erst ganz neuerdings (Goethe-Jahrbuch X, 215) J. Minor hingewiesen hat. „Wenn Pastor Schmidt Mit schwerem Tritt Die Straße tritt, Steh'n um ihn her Die Pflasterer: Gott grüß Euch, Herr! Er spricht: Natur, Auf deiner Spur Schreit' ich einher! Und steht in Ruh' Den Rammlern zu." Aber auch sonst erwähnt Schlegel unsern Dichter häufig. Nicht unwitzig ist der kleine Artikel „Neue Fabrik" aus dem „Literarischen Reichsanzeiger" 1799 (jetzt Werke VIII, 48), wo es über Schmidt heißt: „Der Prediger Schmidt zu Werneuchen hat die Kunst erfunden, aus den Fasern von Heidekraut, Disteln, Binsen, Mauerpfeffer und dergleichen einen etwas groben jedoch haltbaren Kattun zu verfertigen. Die Stempel der darauf gedruckten Muster sind ebenfalls von seiner Hand, sie stellen theils einheimische Blumen vor, die nicht nur nach der Zahl und Größe der Blätter, sondern mit allen Staubfädchen und Pünktchen auf das genaueste abgebildet sind, theils ländliche Hausgeräthe, als Butterfässer, Kinderstühlchen, Bierkrüge. Auf einigen größeren zu Bettvorhängen bestimmten Mustern sind die romantischen Gegenden von Werneuchen, Dörfer mit Kirchthürmen, Windmühlen, Sandbergen u. s. w. angebracht" u. s. w. Sehr ausführlich ist der Artikel „Matthisson, Voß und F. W. A. Schmidt. Eine Zusammenstellung 1800" (wie der vorige ursprünglich im „Athenäum", jetzt Werke XII, S. 55—92"). Sehr richtig ist die Darlegung, daß Schmidt durchaus die Natürlichkeitspoesie Vossens nachahmt; beiden wird die Sucht nach seltsamen Reimen, Schmidt besonders arge Verstöße gegen die Metrik vorgeworfen. In dem Weltgesang, welcher der prosaischen Beurtheilung folgt, soll jeder der drei „durch das Medium gemeinschaftlicher Reime", aber in einem ihm besonders angemessenen Silbenmaße, dem Inhalte nach seine Eigenthümlichkeit behaupten. Manches in diesem „Weltgesang" ist recht schwach; einzelne Verse, in denen die Schwächen und Seltsamkeiten der Schmidt'schen Poesie nicht übel charakterisirt sind, mögen hier mitgetheilt werden:

Rothbebackt wie ein gekochter Krebs
Grüßt die Muse mich in schmutzger Juppe . . .
Hier im Dörfchen sind wir ungebärmt
Von des Stadtvolks lästerndem Geschnissel . . .
Weil du heut ganz leer den Wocken spinnst,
Fleckchen, komm und sing mir ein Tedeum . . .
Nicht beneid' ich den Baron von Toll,
Pfeif' ich auf dem Blatt bei Friederiken.

In Berlin selbst trat Gk (Göckingk?) gegen Schmidt auf. Der im „Berlinischen Archiv der Zeit und ihres Geschmacks" 1796 Märzheft S. 215—237 veröffentlichte Artikel „Die neuesten Musen-Almanache" beschäftigt sich zweimal mit Schmidt, zuerst mit dem „Kalender der Musen und Grazien," sodann mit den Beiträgen des Dichters zum „Musenalmanach." In dem ersten Artikel tadelt der Critiker den Vorsatz des Dichters, die Natur zu copiren, wie sie ist, gibt eine Reihe von Proben und urtheilt über diese und andere Gedichte, daß man bei solchen „Aufzählungen" nichts sehe und nichts empfinden könne, er bemängelt schlechte Verse und gewaltsame Inversionen. Viel schärfer tadelt er in dem zweiten Artikel Schmidts allzugroße Natürlichkeit und ruft entrüstet aus: „Ob irgend ein Recensent in der Litteraturzeitung auch diese leeren, klappernden, widrigen Reime, den gesunden und markvollen Produkten des Hans Sachs gegenüberstellen wird?" (Vgl. unten S. VII.) Er macht sich lustig über lyrische Gedichte und Balladen und schließt, nachdem er besonders gekünstelte Verse angeführt hatte, mit den Worten: „Die Teutschen sollten doch endlich die Schwierigkeiten einsehen, in ihrer Sprache melodische Verse zu schreiben, und nicht noch mühselig auf solche gezierte Silbenmaße studiren, in denen, selbst wenn sie leicht durchgeführt werden, kein Wohlklang liegen kann. Aber wer steht uns dafür, daß Herr Schmidt nicht nächstens noch andere Silbenmaße erfinden wird, die in lauter einsilbigen Versen, oder in der Form von Schiffen oder Kreuzen herumtreiben werden."

Gegen diese Verurtheilung wurde Schmidt von einem M. (Müchler? oder Maurer, dem Verleger des Blattes?) vertheidigt (a. a. O. S. 237 bis 242). Auch dieser will freilich nicht alles in Schutz nehmen, nagelt sogar einige „unverzeihliche" Strophen fest; sein Gesammturtheil faßt er in folgende Sätze zusammen: „Wahre aber dürftige Natur, ungekünstelte aber an einen dürren Boden geheftete Empfindung, Genügsamkeit ohne Schwungkraft, Zufriedenheit mit einem Loose, das Vielen zu Theil ward, spiegeln sich in den Liedern des Sängers, und mögen den Genossen seines Schicksals eine nicht unangenehme Unterhaltung gewähren. Herr Schmidt reicht uns Heideblümchen, nicht schön aber mitunter wohlriechend; der Sand, den er bewohnt, trägt keinen Wein, doch sprudelt zuweilen eine Quelle reinen Wassers aus ihm hervor: und werden seine Gedichte für das gegeben, wofür er, nach seinen bescheidenen Erklärungen sie ohne Zweifel nur gehalten wissen will, für treue Gemälde aus dem stillen Leben eines nordischen Landpfarrers, so läßt sich in der That nicht wohl einsehen, wie die Kritik solche im Ganzen verwerfen könnte."

Es ist nicht uninteressant, zu bemerken, daß selbst diejenigen, die in den Xenien von Goethe und Schiller mindestens ebenso hart gezüchtigt wurden, wie Schmidt, damals keineswegs gemeinsame Sache mit ihm machten, sondern in ihrer Beurtheilung vielfach mit Goethe und den Romantikern zusammentrafen.

Eine Beurtheilung des „Neuen Berliner Musenalmanachs für 1795" in der „Neuen Bibl. d. schönen W. und Künste" Bd. 55, St. 1 S. 127 ff. neigt, obwohl sie dem Berliner Almanach unmittelbar die Stelle nach dem Göttinger und Hamburger anweist, mehr dem Tadel als dem Lobe zu. Schmidt wird ermahnt, in seine beschreibenden Gedichte „etwas mehr Nahrung für Kopf und Herz zu legen und seine Schilderungen natürlicher Gegenstände mehr durch Gedanken und Empfindungen zu beseelen." Zwei Vorwürfe werden ihm vornehmlich gemacht, der eine, daß er sich in einem zu engen Kreis von Ideen und Bildern umherdrehe, der andere, daß er, geleitet von dem Bestreben, einen noch nicht benutzten Zug zuerst zu brauchen, Dinge beschreibe, die des Beschreibens nicht werth seien. Die Probe, welche der Kritiker aus einem Gedichte „Die Weissagung" anführt, wird mit der Bezeichnung „platte, ekelhafte Albernheit" stark, aber nicht ungerecht beurtheilt.

Tadel und Lob waren in der Allgemeinen Litteraturzeitung (Jena) gemischt, aber freilich der Tadel überwog. Viermal sprach die Zeitschrift von Schmidt. Zuerst über den Berlinischen Musenalmanach von 1794 (Jahrg. 1794 Nr. 50), sodann über den Kalender (Jahrg. 1796 Nr. 17), ferner über die Gedichte (Jahrg. 1797 Nr. 386), endlich über den Almanach 1798 (Jahrg. 1798 Nr. 383). Die erste Besprechung, welche den Dichter bei dem Publikum der Zeitung einführte, ist jedenfalls die günstigste. Sie war es, welche durch ihren Vergleich Schmidt's mit Hans Sachs Tieck's Zorn hervorrief. (Vgl. oben S. V.) Der Recensent theilte eine große Probe aus Schmidt's Gedichten mit und gesellte ihr eine Charakteristik des Dichters bei, in welcher es heißt: „Seine Manier hat eine gewisse Rohheit, aber zugleich auch wahre Originalität. Er ist kein großes, poetisches Genie, aber zu dem, was er ist, hat ihn nicht kaltes Studium und Nachahmungssucht, sondern die Natur gemacht. Seine Verse sind nicht für jedermann, am wenigsten für die, welche einen feinen Geschmack zu besitzen glauben, weil sie einen einseitigen eklen Geschmack besitzen. Hier ist nicht griechische, römische, italienische, französische Kultur — sondern echter, derber deutscher Meistergesang. Die Zeiten sind vorbei, wo man den Namen des Fürsten der Meistersänger nur mit Hohn aussprach, und wo es für ein Paradoxon gegolten haben würde, wenn Herder jedem Jahrhunderte in seiner Art einen solchen Meistersänger wünscht. Herr S. könnte es vielleicht für das unserige werden." — Auch die zweite Besprechung ist noch durchaus lobend. Die Ausstattung des Kalenders wird gerühmt, vornehmlich die Bilder, von denen einzelne besonders hervorgehoben werden, eine Würdigung der poetischen Verdienste wird bei Besprechung der Sonderausgabe der Gedichte verheißen, einstweilen begnügt sich der Kritiker damit, „der Gesinnungen der edlen Liebe, der treuen Freundschaft, der Freude an der schönen Natur, der frohsten Genügsamkeit zu erwähnen." In der dritten Critik werden einzelne Gedichte als angenehme Bilder des Gedächtnisses, als gut versifizirter Ausdruck moralischer Gesinnungen, als Beschreibung von Naturscenen, „wie sie durch ihre Lage im Raume mit einander verbunden werden," hervorgehoben, als wirkliche Gedichte dagegen werden nur wenige erklärt. Zweierlei findet der Kritiker zu erinnern, 1. daß der Reim den Autor zu gezwungenen Ausdrücken von Bildern verleitet hat und 2., daß er aus herzlicher Verehrung der ländlichen und gemeinen Natur nicht selten ins Platte, Langweilige, Uebertriebene verfallen ist. Der Verfasser geht zum Schluß auf den feinen Spott ein, der sich im letzten Schiller'schen Musen-Almanach gefunden hatte und schließt mit den Worten: „Allerdings kann man in der Natur jede Kleinigkeit schön, wie im menschlichen Leben jeden noch so unbedeutenden Vorfall erbaulich finden; nur dürfte der Landschaftsmaler, der bloß Sümpfe, Haiden und Sandhügel darstellen wollte, ebenso wenig viel Liebhaber finden, als ein Prediger viel Zuhörer für seine noch so erbaulichen Betrachtungen über einen Besenstiel. Die vierte und letzte Besprechung ist sehr abweisend. Die zusammengelesenen Reime werden ebenso heftig getadelt wie die Armuth und Gleichgültigkeit der dargestellten Natur, d. h. eben der Art, wie sie sich im Auge und Sinn des Dichters darstellt. Schmidt wird prophezeit, daß er schwerlich je wirkliche Gedichte schaffen werde; in seinen Gemälden, so heißt es zum Schluß, „werden sich prosaische Seelen wie in einem gemüthlichen Spiegel erkennen."

Im Gegensatz zu diesen Tadlern waren Schmidt aber auch Lobredner erstanden. Schon der heftig tadelnden Kritik in einer Berliner Zeitschrift war, wie vorhin gezeigt worden, ein entschuldigender Nachruf beigegeben worden. Anknüpfend an diesen hatte Wieland oder ein Ungenannter in Wielands Neuem deutschen Merkur 1796 I, S. 449 bis 451 Schmidt sehr gerühmt. Als den charakteristischen Vorzug dieser Gedichte hatte er bezeichnet, „daß sie bloße Kinder der Natur und, so wie sie da sind, ohne alle Kunst aus dem Herzen des Dichters und den Gefühlen des Augenblicks geflossen zu sein scheinen".... „Ein Dichter dieser Art wird so selten geboren und ist für empfängliche, unverkünstelte, auf die reinen einfältigen Genüsse und Freuden der ländlichen Natur und des häuslichen Lebens (zu ihrem Glück) beschränkte Seelen so wohlthätig, daß es mich unbillig dünkt, ihm zum Vorwurf zu machen, die Natur so wie er sie fand und sah, geschildert zu haben." Freilich will er nicht Alles bei Schmidt loben und hofft, dieser selbst werde im Laufe der Zeit Manches an seinen Gedichten zu verbessern finden.

Auch Reichardt, der Musiker und politische Schriftsteller brachte in seinem Journal „Deutschland" 1796, 3. Stück eine critische Zusammenstellung der damaligen Musenalmanache, in welcher er sich über Schmidt, den er kurz als „angenehm und gut" characterisirte, folgendermaßen ausließ: „Unser sittlicher, ländlicher Dichter singt sein liebes Dorf, das ihn geboren werden sah, simple, kunstlose Naturscenen, durchwürzt mit Verachtung der großen Welt und ihrer Eitelkeit. Unverschönerte, wilde, ländliche, gemeine Natur ist seine Göttin. Er singt seiner ersten Liebe Freuden und Leiden, seine Sehnsucht nach einer ewigen Verbindung mit seiner auserwählten Henriette; nur ihre Verzögerung bringt ihm Leiden, nichts anderes trübt seinen Frohsinn, auch der rauhe Winter nicht; er singt den beglückenden Besitz seiner Henriette, ihre gemeinsamen, stillen, häuslichen Freuden; sein Hühnerhof, seine Grasebank, seine Bohnenlaube ist ihm eine Welt voll herrlichen Genusses. Seinen lieben Jungen

auf dem Arm wiegen, mit ihm einen Ehrensprung thun, sein Weibchen im Kahne führen . . . das ist ihm mehr als alle Karnevalslustbarkeiten."
Während alle diese Vertheidigungen und Angriffe der Zeit des ersten Erscheinens von Schmidts Gedichten angehören, sind die nun zu erwähnenden einer spätern Zeit zuzurechnen. Jedoch kann ich es nicht für meine Aufgabe ansehen, alle Critiken der späteren dichterischen Erzeugnisse Schmidts anzuführen oder gar abzudrucken. Seine Stellung war nun einmal durch die Beurtheilungen der Zeitgenossen, besonders durch das Gedicht Goethes bestimmt und nur selten versuchte man daran etwas zu ändern. Die neueren Litteraturgeschichten nehmen von Schmidt überhaupt selten Notiz, eigentlich nur bei der Anführung von Goethes Gedicht; ein Widerspruch gegen die von diesem formulirte Meinung findet sich nicht oft.

Nur einige Zeugnisse vermag ich anzuführen. Zuerst versuchte Wilhelm Neumann in seinem an Goethe (28. August 1825) gerichteten Gedicht, das den gleichen Titel wie das Goethesche führte (Wilhelm Neumanns Schriften, Leipzig 1835, II., 202 fg.) und sich derselben Reime wie jenes bediente, von den damaligen Poeten die Goetheschen Vorwürfe abzuwenden. Entschiedener trat K. Goedeke für Schmidt ein. Er (Elf Bücher deutscher Dichtung I. 791 fg.) fand in ihm einen poetischen Hauch, eine Reihe gut beobachteter kleiner dichterischer Züge und eine markige Natur, die gegen die „thränenschweren Mondscheinpoeten, die von Abendroth und Philomelentönen leben," kräftigend wirke. Am entschiedensten ergriff aber Jakob Grimm die Partei des Verschmähten, den er im „Deutschen Wörterbuche" vielfach benutzt hatte. In einem Briefe an Weigand (5. September 1862, E. Stengel, Private und amtliche Beziehungen der Brüder Grimm zu Hessen, Marburg 1886, I., 382 fg.) schrieb er: „Schmidt von Werneuchen ist ein wirklicher Dichter und ein begabter. Goethe hat zwar das Uebermaß seiner Zufriedenheit mit der spärlichen märkischen Natur geistreich überlegen verspottet; die rothen Beeren, um den Hals seines Liebchens gereiht, gehen dem Sänger über die kostbarsten Korallen. Allem Hohn zum Trotz hat aber seine Empfindung an sich Wahrheit, dieselbe Wahrheit, kraft welcher wir den Umständen nach den Eindruck einer deutschen Landschaft über die glänzendste italienische Gegend setzen dürfen. Denn wenn in der Natur das Kleinste so wundervoll ist wie das Größte, so kann sie auch das Maß unseres Entzückens wie unserer Betrachtung an jeder Stelle füllen. Ich gebe zu, daß Voß und Matthisson auf Schmidt eingewirkt haben, dies alles von ihm abgezogen bleibt aber genug echtes Eigenthum zurück, von dem sich andere unverspottete Dichter etwas zu wünschen hätten. Ich habe seine Gedichte mehrmals gelesen, bald von Goethes Gesichtspunkt ausgehend, bald des Dichters Werth erkennend. Eine Ausgabe ging mir verloren, hernach habe ich mir die von 1797 angeschafft und danach citirt. Die Vorrede der von 1802 kann ergeben, ob er in der Zwischenzeit feilte und änderte." (Eine solche Ausgabe von 1802 gibt es nicht, Grimm hat wohl den damals erschienenen Neudruck eines Kalenders im Sinne gehabt. Vgl. unten.)

Die neueren Litteraturgeschichten nehmen, soweit ich sehen kann, selten oder ohne characteristische Bemerkungen von unserm Poeten Notiz. Bezeichnend ist, daß das bekannte französische Sammelwerk, die biographie universelle dem Dichter gerechter wird als ähnliche deutsche Nachschlagewerke. Der Biograph tadelt zwar Einzelnes, läßt aber seinem Tadel das Lob folgen: il mit dans ses écrits une vie et une réalité qui captivent le lecteur.

Der also gelobte und getadelte Dichter führte ein ruhiges und beschauliches Leben. (Von den folgenden Nachrichten, verdanke ich diejenigen über Schmidts Leben und Thätigkeit in Werneuchen den ausführlichen Mittheilungen des gegenwärtigen Predigers in Werneuchen, des Herrn Boll, für welche ich auch an dieser Stelle meinen besten Dank ausspreche.) F. W. A. Schmidt wurde am 25. März 1764 zu Fahrland bei Potsdam geboren. Seinen Geburtsort pries er mit Vorliebe; seines Vaters gedachte er gelegentlich, von seiner Mutter sprach er oft mit inniger Rührung (s. u. S. 35, 47, 57, 70 fg.). Er studirte in Halle Theologie und schloß sich dort ganz besonders an Christian Heinrich Schultze, später Pfarrer in Döbritz an, den er nebst seiner Gattin häufig verherrlichte, und dessen Wohnort er ebenso schilderte wie sein geliebtes Werneuchen. Er wurde in verhältnißmäßig jungen Jahren Prediger am Invalidenhaus in Berlin, und er scheint sich dem dortigen Literaten- und Theologenkreise angeschlossen zu haben. Wenn auch über diesen Verkehr keine brieflichen Zeugnisse vorhanden sind, so wird er bezeugt durch mannigfache Erwähnungen Berliner Persönlichkeiten in Schmidts Gedichten. Hervorhebung verdient der Geheimsekretär Herzberg, der bekannte Probst Teller, der freilich nicht wegen seiner aufklärenden Theologie von Schmidt gepriesen, sondern der nur zu einem Badeaufenthalt in Freienwalde beglückwünscht wird, Helene Unger, die Frau des Verlegers und Verfasserin des damals bekannten Romans Julchen Grünthal, F. G. Walter, Rudolf Agricola. (F. G. Walter, geboren zu Köthen bei Neustadt-Eberswalde 31. Januar 1767, Mitarbeiter des Berlinischen Musenalmanachs seit 1791, Uebersetzer von Tassos Schäfergedicht Aminta. Rudolf Agricola, Prediger am Kgl. Hofgericht, geboren 7. Mai 1762 in Neu-Zittau, Mitarbeiter an den berliner Musenalmanachen, Verfasser einzelner auf die französische Revolution bezüglicher Gedichte, politisch-religiöser Reden und einer für Kinder bestimmten Chrestomathie.) — Ob Schmidt mit Chodowiecki bekannt war? Ein bestimmtes Zeugniß dafür vermag ich nicht anzuführen. Aus dem Umstande allein, daß der genannte Künstler die „Gedichte" mit vielen Stichen versah, kann man weder eine persönliche Beziehung des Künstlers zu dem Dichter noch eine Antheilnahme des Erstern an den Arbeiten des Letztern erschließen; wohl aber möchte man aus der liebevollen Art der künstlerischen Mitarbeit schließen, daß Ch. mit ganzem Herzen bei seiner Arbeit war. Die Stiche sind ganz allerliebst, sie gehören zu den besten, die wir von ihm besitzen, namentlich vier Bilder zu dem, wegen seiner Länge zur Mittheilung ungeeigneten Gedichte „Der Frühlingstag auf der Dorfpfarre", sind von äußerster Zierlichkeit und Anmuth und bekunden eine Billigung und Anerkennung der dichterischen Bestrebungen.

Trotz vielfacher literarischer und freundschaftlicher Beziehungen wurde Schmidt das Scheiden von Berlin nicht schwer, da seine Vorliebe für das ländliche Leben ihn die Vorzüge der großen Stadt nicht recht erkennen ließ. Am 1. Oktober 1795 erhielt er an Stelle des am 6. September 1794 verstorbenen Predigers Ramler die Stelle eines Predigers zu Werneuchen und Freudenberg bei Bernau; seinen Wohnsitz nahm er in dem erstgenannten Dorfe, das er seitdem selten, niemals aber auf längere Zeit, verließ. Er hatte sich schon in Berlin mit Johanne Henriette Friederike geborene Brendel, der hauptsächlichsten Heldin seiner Gedichte, sowohl seiner Liebesepisteln als vieler seiner Naturgedichte, verheirathet. In Berlin war ihm eine Tochter, Auguste, geboren worden, in Werneuchen drei Söhne (1797, 1800, 1806). Den Tod des jüngsten Sohnes Bernhard Wilhelm Ulrich, der schon am 27. September 1813 erfolgte, beklagte der Vater in vielen Gedichten. Auch der zweite Sohn, Gottfried Gustav Ludwig, starb früh. Er ertrank bei einem Besuche, den er bei den Eltern seiner Stiefmutter machte. Nur der älteste Sohn, Ernst Heinrich, und die Tochter überlebten den Vater. Die erste Gattin starb, 39 Jahre alt, am 1. November 1809; wie es auf dem Leichenstein heißt „des Predigers F. W. A. Schmidt ewig geliebte Gattin". Trotz der aufrichtigen Trauer, welche er seiner ersten Gattin weihte, verheirathete sich Schmidt bereits am 14. Mai 1811 aufs Neue mit Maria Friederike Vogel, der Tochter des Predigers Vogel zu Dannewitz. Dieser zweiten Frau hat er jedoch kein poetisches Denkmal gesetzt, wie überhaupt seine Dichtungen fast ausschließlich mit Ausnahme der Trauergedichte auf Frau und Sohn dem 18. Jahrhundert angehören; denn im ersten Jahrzehnt des 19. wurde seine poetische Stimmung durch Leiden und Sorgen verscheucht, die er gleich den meisten seiner Zeitgenossen zu bestehen hatte. In der Zeit von 1806 bis 1812 litt er wie die ganze Mark unsäglich durch die Franzosen. Am 17. Februar 1813 wurde Werneuchen von den Russen besetzt. An demselben Tage ritt der französische General Poinçot mit den Franzosen ein und hielt den Ort ein paar Tage besetzt. „Auch des Verfassers Wohnung war", wie Schmidt in der Anmerkung zu einem Gedichte sagt, „ein Tummelplatz der Soldaten". Schmidt starb an einem gastrisch-nervösen Fieber am 29. März 1838. Seine letzte Predigt soll er in Vorahnung seines Todes über das Bibelwort Luc. 24, 29 gehalten haben: „Herr, bleibe bei uns; denn es will Abend werden, und der Tag hat sich geneigt".

Er verwaltete sein Predigtamt in Werneuchen und Freudenberg mit Liebe und großem Erfolg. Als Prediger war er ungemein beliebt; so oft er predigte, war die Kirche gedrängt voll. Friedrich Wilhelm III., der ihn übrigens auch mit dem rothen Adlerorden auszeichnete, erkundigte sich, als er einmal durch Werneuchen kam, mit besonderm Interesse nach dem Prediger. Schmidt war ein vortrefflicher Lehrer, im Confirmandenunterricht legte er den Hauptwerth auf das Erzählen biblischer Geschichten und sah am liebsten, wenn die Kinder die Geschichten frei gestalteten. Noch leben alte Schülerinnen, die sich des empfangenen Unterrichts mit Freude erinnern. Er war ein vortrefflicher Seelsorger, der durch sein bloßes Wort und seine würdevolle Erscheinung den Frieden unter den Gemeindegliedern rasch und sicher herstellte. In besonders innigem Verhältniß lebte er zu seinem Lehrer Küster Blenke. Er war ein großer Kinderfreund, der die an seinem Pfarrhaus still vorübergehenden, die geistliche Ruhe ungern störenden

Kinder gern beschenkte und nie ausging, ohne Obst und Kleingeld mit sich zu führen, das er unter die begegnenden Kinder vertheilte, sobald sie die an sie gerichteten Fragen beantwortet hatten. Als er im Jahre 1809 in das Kirchenbuch den Tod eines neunjährigen Mädchens eintrug, das an den Pocken gestorben war, setzte er zu seiner Eintragung die Bemerkung hinzu: Pudeat omnino parentes saluti liberorum tam negligenter consuluisse. Auch gegen die Armen seiner Gemeinde war er ungemein wohlthätig; er entließ niemals einen Dürftigen ohne Gabe.

Von seiner Persönlichkeit gibt uns eine Briefstelle Zelters eine erwünschte Schilderung, aus der man manches Neue entnehmen kann, wenn auch Einzelnes, z. B. die Erwähnung der dritten Frau, auf Irrthum beruht. Der wackere Berliner Musiker schreibt an Goethe (25. Aug. 1821 aus Kunersdorf bei Wriezen, Briefw. mit Goethe III., 188): „Nichts von gutem Boden, nichts von Magdeburger Land! Endlich auf dem Wege hierher habe ich unsern Sandpoeten von Angesicht gesehen. Beym Pferdewechsel in Werneuchen besuchten wir ihn in seynem ärmlich reinlichen Gehöftchen. Härter möge kein Versemann bestraft werden, solche Gegend zu besingen als dieser gute Landpastor; denn jetzt besorgt er schon seine dritte Frau und zweymal ist ihm das Fleckchen (und zwar, wie gesagt worden, durch Bosheit) abgebrannt. Und noch ist er unermüdet, seine Natur, die für ihn so wie er für sie expreß gemacht zu seyn scheint, hoch zu preisen. Dazu paßt denn seine rundliche, stattliche Figur mit einer Art von Kohlhaupte, dem Augen und Mund eingeschnitten zu seyn scheinen."

Daß die Gedichte eines derartigen Mannes in einer Sammlung Berliner Neudrucke nicht fehlen durften, braucht kaum erörtert zu werden; denn es kommt bei einer solchen Sammlung nicht ausschließlich, nicht einmal in erster Linie auf Herzerquickendes und Geisterfreuendes an; sondern das Charakteristische und das Seltene muß bevorzugt werden. Trotzdem würde ich, wenn ich den Tadel einzelner Zeitgenossen und besonders den Goethes für durchaus berechtigt gehalten hätte, von der Aufnahme der Gedichte Schmidts in diese Sammlung Abstand genommen haben. Ich bin jedoch, trotzdem ich das allzu Natürliche, d. h. die Natur zu wörtlich Abschreibende und die häufig platte und gewöhnliche Ausdrucksweise, die gezierten und verkünstelten Reime in Schmidts Gedichten keineswegs verkenne, der Ansicht derjenigen Kritiker, welche in seinen Versen eine gewisse natürliche Begabung und eine mitunter überraschend glückliche und einfache Ausdrucksweise sehen. Bei der Auswahl that, um diese Eigenschaften klar hervortreten zu lassen, äußerste Beschränkung Noth. Denn Schmidt war ein sehr fruchtbarer Dichter. Er begann seine dichterische Thätigkeit, nach der unten mitgetheilten Stelle seiner Vorrede im J. 1787. (Die unmittelbar folgenden Angaben nach Meusel: Lexikon jetzt lebender Schriftsteller und dem gleich zu nennenden „Gelehrten Berlin.") Die erste selbständige Veröffentlichung war die Ballade „Graf Wolf von Hohenkrähen". Noch in demselben Jahre begann er an dem Göttinger Musenalmanach mitzuarbeiten und war dann an verschiedenen Zeitschriften und Almanachen mit thätig: Jördens, Berlinischem Musenalmanach 1791, 1792, der Berliner Monatsschrift 1791 bis 1794, Wielands deutschem Merkur 1793, Meißners Apollo 1794. Gleichzeitig begann er mit E. C. Bindemann den „Neuen Berlinischen Musenalmanach", den ich aber ebensowenig gesehen habe, wie den unmittelbar darauf erfolgten Neudruck „Auserlesene Früchte des Parnasses von Schmidt und Bindemann", 1796. Im Jahre 1795 folgte dann der bereits erwähnte „Kalender der Musen und Grazien". Genauere Notizen über diesen von Schmidt und Bindemann herausgegebenen Neuen Berlinischen Musenalmanach für 1793—1795 (erschienen Berlin 1792—1794 bei Hartmann), findet man bei D. H. Schmidt und D. G. Mehring, Neuestes gelehrtes Berlin, Berlin 1795 II., S. 138 ff.) Dort sind Schmidts einzelne Beiträge zu den genannten Musenalmanachen, ferner zu den auch bei Meusel genannten Zeitschriften aufgezählt und die Rezensionen namhaft gemacht, welche über diese ältesten Arbeiten Schmidts veröffentlicht werden. (Die aus der Oberd.-Literatur-Zeitung 1794 Nro. 3, 142 und aus der Erlanger (gel.) Zeitung 1795 Nro. 94 habe ich mir nicht verschaffen können, die übrigen sind oben benutzt.) Die meisten angeführten Gedichte sind in späteren Sammlungen wieder gedruckt; von nicht wieder aufgenommenen spezifisch berlinischen sei genannt „Die Wiese beim Wedding."

Die nachfolgenden Gedichte sind jedoch nicht aus den genannten Zeitschriften und Almanachen gewählt, sondern einer Reihe von Sammlungen entnommen, welche ich im Inhaltsverzeichniß unter folgenden Abkürzungen anführe:

A. 1802. = Almanach der Musen und Grazien für das Jahr 1802. Von F. W. A. Schmidt, Prediger zu Werneuchen. Erste Fortsetzung des Kalenders der Musen und Grazien. Mit Kupfern. Berlin 1802. Bei Oehmigke dem Jüngern. 302 S. (Dieselbe

Sammlung war bereits ein Jahr vorher in kleinerem Format und in etwas gewöhnlicherer Ausstattung, aber mit denselben Kupfern unter folgendem Titel erschienen: Almanach für Verehrer der Natur, Freundschaft und Liebe auf das Jahr 1801, von F. W. A. Schmidt, Prediger zu Werneuchen. Mit Kupfern und Musik. Berlin, 1801. Bei Wilhelm Oehmigke. 302 S.

G. D. f. 1797. = Gedichte der Freundschaft dem Scherze und der Liebe gesungen. Nebst sieben Fabeln von G. E. Lessing. In Verse gebracht von Ramler. Berlin, 1797. Bei Wilhelm Oehmigke dem Jüngern. 178 S. (Neue Titelauflage des Neuen Berlinischen Musenalmanach her. v. f. W. A. Schmidt und E. C. Bindemann Jahrg. 1797).

A. 1798. = Almanach romantisch-ländlicher Gemählde für MDCCIIC von F. W. A. Schmidt, Prediger zu Werneuchen. Mit Kupfern und Musik. Berlin 1798, bei Wilhelm Oehmigke d. J. 152 S. (Genau dieselben Gedichte erschienen in etwas größerem Format, aber mit denselben Kupfern, Vorbericht u. s. w. unter dem Titel: Romantisch-ländliche Gedichte von F. W. A. Schmidt, Prediger zu Werneuchen. Mit Kupfern und Musik. Berlin 1798, bei Wilhelm Oehmigke d. J. 152 S.).

Geb. 1795. = Gedichte von Friedr. Wilh. Aug. Schmidt. Mit Kupfern und Musik. Berlin, in der Haude- und Spenerschen Buchhandlung. 306 S. (Diese Gedichte waren aber noch in zwei anderen Ausgaben erschienen: Erstens als Beigabe des Kalenders der Musen und Grazien für das Jahr 1795, wo zwischen dem eigentlichen Kalender (80 S.) und einem alphabetisch geordneten Verzeichniß von allen Rechnungsmünzen (46 S.) Gedichte unter folgendem Titel stehen: 60 Gedichte von Friedrich August Wilhelm Schmidt, Berlin bei C. Spener 1794. (Ich verdanke die Benutzung dieses Kalenders der Güte des Herrn Baron Wendelin von Maltzahn, alle übrigen Schriften von Schmidt habe ich aus der Berliner Königlichen Bibliothek benutzt.) Zweitens ohne den Kalender, in etwas größerm Format, ähnlicher Ausstattung, mit denselben Bildern, aber lateinischen statt deutschen Lettern 306 statt 160 SS., und mit folgendem Titel: Gedichte von Friedrich Wilhelm August Schmidt. Mit Kupfern und Musik. Berlin bey Haude und Spener 1797. 306 S. Der Buchhändler hatte diesem Kalender einen „Vorbericht" vorangestellt, in welchem er seinen Autor übermäßig lobte. „Seine Gedichte lehren: Genuß der Natur, Genuß der Liebe und Lebensphilosophie, auf eine anschauliche Weise, durch Schilderungen aus seinem eigenen Leben, die so korrekt und so treu gezeichnet sind, daß sie dem Verstande gefallen, und so lieblich, und mit solcher Wärme ausgemalt, daß jedes gut geartete Herz zu dem Wunsche hingerissen wird, ihm darin ähnlich zu werden." Es ist gar nicht unmöglich, daß dieses Buchhändlerlob den Kritiker ebenso in Harnisch gebracht hat als Schmidts Gedichte.

N. G. 1815. = Neueste Gedichte von Friedrich Wilhelm August Schmidt, Prediger in Werneuchen. Der Trauer um geliebte Todte gewidmet. Berlin und Leipzig 1815. 54 S.

Nur eins der mitgetheilten Gedichte ist aus keiner der genannten Sammlungen, sondern dem Göttinger Musenalmanach 1790 entnommen und schon bei Gödeke, Elf Bücher deutscher Dichtung I, S. 791 gedruckt.

Aus diesen Sammlungen versuchte ich, um das Wesen der Schmidtschen Dichtung darzulegen, sechs Abtheilungen herauszuheben. Die erste ist dem Gegensatz von Stadt und Land gewidmet, der Herabsetzung des städtischen, der Erhebung des ländlichen Wesens. Die zweite enthält allgemeine Lobpreisungen der Natur und spezielle Verherrlichungen der einzelnen Monate und Jahreszeiten. Die dritte, beginnend mit einer Lobpreisung des Dorfes, in welchem Schmidt eine geistliche Stellung bekleidete, sucht einzelne Gegenden der Mark zu schildern oder wenigstens zu erheben. Die vierte bringt Anrufe des Dichters an sich, Mittheilungen über seine Entschlüsse und Vorsätze, Anrufungen der Gegenstände, die in der Nähe des Dichters sich befinden, und mit denen er sich freut. Die fünfte ist der Liebe gewidmet. Die Angesungene ist immer dieselbe, Schmidts Braut und spätere Frau Henriette. Die Gedichte durchlaufen die Zeit der ersten Bekanntschaft, die nicht ohne Irrungen war, die der Verlobung, die der Ehe. Sie preisen das stille, häusliche Glück, die Vaterfreuden, sie singen aber auch von der Trauer, welche dem Zurückgebliebenen durch den Verlust der Gattin und eines geliebten Kindes erwächst. In der sechsten Abtheilung endlich sind einzelne Gedichte zusammengestellt, aus denen einige persönliche Beziehungen Schmidts hervorgehen. Auch hier ist insbesondere auf die innerlich persönlichen Beziehungen Rücksicht genommen, und so schließt die Sammlung mit Versen an einen Maler, der durch ein Bild der Mutter des Dichters ihn innig erfreut und die Erinnerung an seine eigene Kindheit ihm hervorgezaubert hatte.

Nur zwei Arten von Dichtungen habe ich in der kleinen Auswahl ausgelassen: Erstens die Balladen und zweitens diejenigen Gedichte, welche Geisterspuk und Aehnliches behandeln. Die ersteren, z. B. „Werntrud von Schottenstein, Kunz von Drachenfels, Wolf von Hohenkrähen" (letztere Ballade, wie oben bemerkt, die erste, schon 1789 separat erschienene Dichtung unseres Poeten), obwohl sie unter den Zeitgenossen einzelne Lobredner gefunden haben, sind in der That unter jeder Kritik. Die Erfindung derselben ist überaus dürftig und die Ausführung entbehrt gänzlich des Interesses: von Erregung der Spannung, von Charakteristik der einzelnen Personen und von logischer Durchführung der Handlung ist keine Rede. Auch die zweite Klasse, „Walpurgisnacht, Kobold, die wilde Jagd bei Königswusterhausen" ist gänzlich unbedeutend, höchstens deswegen interessant, weil sie eine merkwürdige Schonung und Duldung des geistlichen Dichters gegen allerlei kleine Hausgeister, gegen abergläubische Vorstellungen u. s. w. verräth, und durchaus kein priesterliches Pochen und Eifern wider dieselben bekundet. Ueberhaupt verdient der Umstand Beachtung, daß in den Gedichten dieses Predigers nicht ein einziges wirklich religiöses Gedicht sich befindet.

Drei seiner Sammlungen, nämlich Gedichte 1797, Almanach 1798, Neueste Gedichte 1815, hat der Verfasser Vorreden vorangestellt. Die der letzten Sammlung ist nur ein kurzes Begleitwort und enthält außerdem das übrigens nicht erfüllte Versprechen einer künftigen Gesammtausgabe der Dichtungen. In der zweiten vertheidigt der Verfasser in recht geschmackloser Weise den getadelten Titel, „Musen und Grazien", erhebt sich aber nicht ohne Würde gegen die Kritik des Berlinischen Archivs. Wichtig ist nur die Vorrede zu der einzigen größern Sammlung der Gedichte (geschrieben 1795; Schmidt nennt sich in der Unterschrift: „Feldprediger des Kgl. Invalidenhauses bei Berlin und berufener Prediger zu Werneuchen"), aus der eine längere Stelle eine Mittheilung verdient, weil sie am besten in die Absichten des Dichters einführt: „Diktion, Versbau, Bilderwahl u. s. w. In diesen Gedichten machen zwar nicht den geringsten Anspruch auf Neuheit, wohl aber die meisten Gegenstände, die ich poetisch zu bearbeiten versucht habe; und diese sind: simple kunstlose Naturscenen. Unverschönerte, wilde, ländliche, gemeine Natur ist meine Göttin. Ich bin weit davon entfernt, Forderungen zu machen, weit davon entfernt, mit irgend einem unserer Dichter von Werth mich messen zu wollen; aber das glaube ich mit Wahrheit behaupten zu können: daß selbst von schätzbaren Dichtern die Natur selten wahr kopirt worden sei. Man hat an ihrer Einfalt gekünstelt. Solche Verschönerungen wird man in diesen Blättern zwar vermissen, keine Vergleichungen ihrer Reize mit Gold, Silber u. d. m., darin antreffen; aber demohnerachtet hoffe ich, mein kleines Publikum zu finden. Acht Jahre meines Lebens habe ich bisher der Dichtkunst gewidmet, und diese Jahre machen den Inhalt der kleinen Sammlung aus, welche die Gestalt einer fortlaufenden Geschichte annimmt. Der Leser empfängt in der Einleitung Nachricht von des Dichters moralischem Charakter und Geschmack; hierauf folgt die Jugendgeschichte desselben; alsdann die interessanteste Epoche seines Lebens: Anfang seiner Liebe; dann der um diese Zeit in der Liebe gewöhnliche Paroxismus des Zweifels an der Gegenliebe des geliebten Gegenstandes. Dieser Zweifel wirkt neue Versicherungen. Jetzt tritt die Epoche der Vermählung ein; ihr folgt die Periode der Vaterfreuden. Indeß kommen nun auch Intervalle, wo die Seele nicht mehr auf einen einzigen Gegenstand konzentrirt ist; es erwacht lebhafter als je Liebe zum Landleben und Sehnsucht nach ländlichem Glück; auch nimmt die Freundschaft ihren alten Platz wieder ein. Zuletzt schließt sich Bearbeitung einiger heterogener Gegenstände an, und den Schluß macht ein Benevalete an die Menschen."

Ich verzichte absichtlich darauf, nun noch mit eigenen Worten in ausführlicher Weise Schmidts dichterische Eigenart zu schildern. Ich habe mich bemüht, aus seinen zahlreichen Dichtungen in diesem Bändchen das Bessere und Lesbare zusammenzustellen. Die Art, wie er sich selbst betrachtete, wird klar aus den eben mitgetheilten Worten seiner Vorrede und die Stellung, die man ihm zu seiner Zeit anwies, ergibt sich aus den oben abgedruckten Proben der günstigen und ungünstigen Critiken, welche hauptsächlich seine erste größere Gedichtsammlung hervorgerufen hatte. In wohlerwogener Absicht sind diese wiedergegeben: sie captiviren das Urtheil des Lesers nicht oder sie lenken es wenigstens nicht einseitig nach einer Richtung; indem sie das Für und Wider zu Worte kommen lassen, geben sie dem, der sie aufmerksam betrachtet, die Gründe an, nach denen er sein Urtheil sich bilden kann. Daß ich diejenigen Stücke, die ich selbst für gänzlich werthlos und verfehlt gehalten, ausgeschieden habe, wird mir kein Billigdenkender verargen. Der Berliner Leser, — denn ihn habe ich gemäß dem Zwecke dieser ganzen Sammlung in erster Linie im Auge — mag aber ohne lange literarhistorische Verweisungen sich daran

erfreuen, daß vor beinahe hundert Jahren ein märkischer Poet mit
sinnigem Auge die märkische Landschaft betrachtete und Naturgenuß,
Freundschaft und Liebe in behaglichster Weise seinen Landsleuten pries.
Wenn er aber der Stadt den Rücken kehrt und die Freuden seines lieben
Dörfchens den Vergnügungen der Residenz vorzieht, so thut er dies mit
solcher Biederkeit und so unschuldigem Sinne, daß er auch darüber keinen
Vorwurf empfangen soll.

So hoch ich endlich Goethes Urtheil zu halten gewohnt bin, so darf
ich doch dem oben mitgetheilten Gedichte des Altmeisters gegenüber darauf hinweisen, daß gerade die Zeit, in welcher Goethe seine Verurtheilung aussprach oder richtiger seine Parodie Schmidtscher Dichtungsart
verfaßte, diejenige ist, in welcher er, froh des frischgeschlossenen Bündnisses mit einem ebenbürtigen Genossen die höchsten Anforderungen an
sich und die Reimcollegen stellte, in welcher er dem classischen Ideal
selbst näher zu kommen suchte. Das Jahr der Xenien, des großen
critischen Strafgerichts, war kleinen Poeten wie Schmidt nicht eben günstig.
So hoch man nun auch Werth und Bedeutung der Xenien, als eines
reinigenden Gewitters an unserm Literaturhimmel schätzen soll, so muß
man andrerseits anerkennen, daß die Stimmung, aus welcher heraus die
Xenien erzeugt worden, bei Goethe nicht dauernd blieb. Denn Goethes
Besprechung der Voßischen Gedichte, die kaum ein Jahrzehnt später ist
als die gegen Schmidt gerichtete Satire, bedeutet eine Art Umkehr.
In dieser ernstgemeinten Lobrede — denn ich kann mich nicht dazu aufschwingen, sie, wie Manche wollen, für Ironie zu halten — empfiehlt
Goethe das, was er früher bekrittelt hatte; neben dem Meister Voß hätte
vielleicht auch der ihm geistesverwandte und nicht unbegabte Schüler
Gnade vor seinen Augen gefunden. Denn ich kann Schmidts Poesien
nicht für übler erachten, als J. H. Voß' berüchtigtes Kartoffellied, das
Goethe beschützt und vor der ihm zugedachten Streichung gerettet haben
soll. Und so mögen Schmidts anspruchslose Verse anspruchslose Leser
und nachsichtige Richter finden!

In den oben erwähnten Vorreden zu einzelnen seiner Sammlungen spricht
Schmidt gern von dem Ernst seiner Arbeit. Man kann denselben bei der Vergleichung der verschiedenen Drucke seiner Gedichte constatiren. Steht
ein Gedicht in verschiedenen Ausgaben, so ist dasselbe in der vorliegenden Edition nach der letzten, als der endgültigen Fassung mitgetheilt. Von
der Art der durch den Dichter selbst im Laufe seiner Arbeit vorgenommenen

Aenderungen aber mag hier ein einziges Beispiel gebracht werden. Nummer 17, „die Pichelsberge bei Spandau", hatten ursprünglich im Neuen Berlinischen Musenalmanach 1797 gestanden. Dieser war unverändert abgedruckt worden in der Sammlung „Gedichte der Freundschaft dem Scherze und der Liebe gesungen" 1797. Manche der darin enthaltenen 13 Gedichte Schmidts, darunter das unsrige, war dann wieder in den Almanach romantisch-ländlicher Gemälde 1798 aufgenommen worden. Vergleicht man diesen Druck mit dem ersten, so ergeben sich folgende Varianten:

Statt Str. 1. Z. 8 „reichsten" stand ursprünglich „reinsten"; Str. 4 ist 1798 hinzugefügt. Str. 5 begann früher:

> Ein Myriadenheer von Vögeln nährt
> Das Waldthal mit Wacholderbeern und Wiepen

Str. 6, 4 lautete: „Vornehmlich ächzt aus Sturm und Wetterschauern?" Str. 7, 3 statt „umflattert" „erschreckt oft". Str. 8, 2 die Umstellung „Sich nie zum Pfad hinaus." Das in der Ausgabe von 1797 stehende „überschrie" habe ich beibehalten, statt der 1798 sich findenden Lesart „überschri," die doch wohl nur Druckfehler, nicht aber eine beabsichtigte Elision ist. Str. 9, 5 „Dort, hingebannt. Am Schluß der Ausgabe von 1797 stand noch die Strophe:

> Raubt' einst der Tod mir Weib und Kinder fort:
> Was könnte dann mich noch an Menschen binden?
> Dann Welt, ade! Nach jenem Schauerort
> Würd' ich mich still durch Dorn und Nesseln winden;
> Der fernen Lieben harrend, sollte dort
> Der Knöchler mich mit offnen Armen finden.

Durch Auslassung dieser letzten Strophe hat das Gedicht entschieden gewonnen.

Dagegen habe ich ein Gedicht in erster Fassung mitgetheilt: „der Mai 1795" unten S. 16 fg. aus dem Göttinger Musenalmanach für 1789. Das Gedicht ist auch in die „Gedichte der Freundschaft" 1797 unter demselben Titel übergegangen, ferner in den „Almanach für Verehrer der Natur" und in den „Almanach der Musen und Grazien" 1802, der ja bloß ein Neudruck des letztgenannten ist, unt. d. T. „Maifreude". Der letztere Druck bietet zu dem ersten, hier wiederholten folgende Varianten. S. 16, Z. 6 „Konzert ertönt." Str. 2 lautet ziemlich verändert:

XXI

O sieh! wie froh am Windelbast
Die Wickelraupe kriecht!
Der Schillebold vom Narbenast
Des Birnbaums niederfliegt!
Und dieser Blüthe Dunenquast
Des Frühlings Odem wiegt!

S. 16 Z. 16 „Mit ausgespannten Flügeln schifft". Z. 22 „Sprießt Wegewart". Z. 23 „Wie Alles, Alles". S. 17 Z. 3 „Komm, komm nach unsrer Quelle Rand". Z. 5 „Zu ruhn an grüner Heckenwand."

In der nachfolgenden Ausgabe ist Schmidts Orthographie und Interpunktion getreulich beibehalten worden. Auch seine botanischen, geographischen und sprachlichen Anmerkungen wurden abgedruckt, sobald sie zum Verständniß nothwendig schienen; einzelnes gar zu Selbstverständliche wurde gestrichen. Im Text wurden folgende Veränderungen und Verbesserungen vorgenommen. S. 8 Z. 10 v. u. „Samenbeuteln" für „Samerbeuteln"; S. 10 Z. 7 v. u. „Zobelpelzen" st. „Zobelpelzeu"; S. 13 Z. 3 v. o. nach „an" Komma hinzugefügt. Z. 13 „In's" statt „J'ns". S. 25 Z. 14 v. u. nach „wohl" Komma hinzugefügt, ebenso S. 28 Z. 3 nach „Gründen". S. 27 Z. 8 nach „Pfort" Komma ausgelassen, desgl. S. 29 Z. 7 nach „Zwerg", desgl. S. 54 l. Z. nach „Gärtchen", desgl. S. 58 Z. 7 v. u. nach „aus", desgl. S. 63 Z. 10 nach „nur". S. 34 Z. 12 „Reitzler" st. „Reizter" (nach Analogie von S. 37 Z. 3.) S. 47 l. Z. „bis" statt „bis". S. 70 Z. 12 v. u. „trotz" st. „Trotz". S. 71 Z. 3 v. u. „Glas" st. „Glaß".

Berlin, Februar 1869.   Ludwig Geiger.

Nachtrag zu S. IV. Ueber diese Schlegelsche Rezension und den Wettgesang schreibt Dorothea Schlegel an Rahel Levin 10. April 1800 (Dorothea von Schlegel, Briefwechsel, her. von J. M. Raich. Mainz 1881, I., S. 11.) „Haben Sie das Athenäum schon? Wie gefällt Ihnen die Kritik von Schmidt, Matthisson und Voß und der Wechselgesang, in dem sich diese verwandten Geister vereinigen? Ist es nicht so gründlich als spaßhaft, so würdig als witzig? Papa Goethe hat sich ganz wie rasend damit gefreut. Schlegel hat es ihm dreimal de suite vorlesen müssen." — Von der Beliebtheit der Schmidt'schen Gedichte gegen Ende des 18. Jahrhunderts spricht u. a. die Thatsache, daß in einer kleinen, seltenen Sammlung „Zweiter musikalischer Blumenstrauß", Berlin, Verlag der neuen Musikhandlung (1795) S. 4, 5 das Gedicht „Gärtchen der Liebe" mit Musik abgedruckt ist.

Inhalts-Verzeichniß.

I.

	Seite
1. Abschied von Berlin. A. 1802. S. 151 — 156	1
2. Freiheit auf dem Lande. G. d. F. 1797. S. 171 — 174	3
3. Vorschlag an Henrietten. A. 1802. S. 32 — 36	6
4. Entschuldigung. A. 1802. S. 16 — 19	8
5. Winterlied des Schulzen von Staken an die Städter A. 1798. S. 140 — 144	10

II.

6. An den Mond. Gedicht 1795. S. 25	12
7. Der April. A. 1802. S. 22. 23	13
8. Ländliche Frühlingsscenen. A. 1802. S. 45 — 47	13
9. Lied im Frühling. Ged. 1795. S. 140 fg.	15
10. Der Mai 1795. Ged. 1795. S. 86 fg.	16
11. An den Monat Julius. A. 1802. S. 66 — 70	17
12. Herbstlied. Ged. 1795. S. 62 — 64	19
13. An die Natur. G. M.-A. f. 1790. S. 116 fg.	21
14. An den Sturm. A. 1802. S. 117 — 120	22
15. Der Landmann im Winter. A. 1798. S. 81 — 85	24

III.

16. Wernenchen. A. 1802. S. 10 — 15	26
17. Die Pichelsberge bei Spandau. A. 1798. S. 100 — 104	29
18. Der Kirchhof zu Tegel. A. 1798. S. 19 — 22	31
19. An den Jungfernwald bei Berlin. Ged. 1795. S. 226 — 228	33
20. An das Dorf Fahrland. Ged. 1795. S. 7 — 17	35

IV.

		Seite
21. Mein Entschluß. Geb. 1795. S. 3 — 4		41
22. Der Zufriedene. Geb. 1795. S. 132 — 134		42
23. Du und Ich. Geb. 1795. S. 158 — 160		43
24. An meine Wintermütze. G. d. f. 1797. S. 107. 108.		45
25. An mein Reitpferd. G. d. f. 1797. S. 176 — 178		46

V.

26. Allgegenwart der Liebe. A. 1802. S. 8. 9	48
27. Liebe mit Thränen. Geb. 1795. S. 51. 52	49
28. Nach einer wohlgemeinten Entdeckung. A. 1802. S. 237. 238	50
29. Verschwiegener Schmerz. A. 1802. S. 219. 220	51
30. Bitte der Kleinmuth. Geb. 1795. S. 28	51
31. Rede Bitte. A. 1802 S. 215. 216	52
32. Das Gärtchen der Liebe. Geb. 1795. S. 56 fg.	53
33. An Henrietten. Geb. 1795. S. 37. 38	55
34. Ein Lied für Liebesdichter. Geb. 1795. S. 94 — 96	56
35. Vatertändelei. Geb. 1795. S. 164	57
36. Der heilige Abend vor Weihnachten. Geb. 1795. S. 231 — 234	58
37. Ermannung. N. G. 1815. S. 13	60
38. Todesursach. N. G. 1815. S. 15	61
39. Nähe. N. G. 1815. S. 20	61
40. Aussicht. N. G. 1815. S. 26	62
41. Gewährung. N. G. 1815. S. 31	63
42. Himmelsfrieden. N. G. 1815. S. 40	64
43. Vollendung. N. G. 1815. S. 44	64
44. Der letzte Wunsch. N. G. 1815. S. 52	65

VI.

45. An die Najade des Gesundbades zu Freienwalde. A. 1802. S. 101. 102	66
46. An Frau Predigern Schulze in Döbritz. Geb.1795. S. 111 — 113	67
47. An die Verfasserin von Julchen Grünthal. A. 1802 S. 261. 262	69
48. An den Maler, Herrn Heusinger. A. 1802. S. 263 — 267	69

I.

1.

Abschied von Berlin.
An Frau Oberstin von Valentini.
Im Dezember 1795.

Dein Herz, o Freundinn! scheint mich zu bedauern,
Daß Langeweil' und Mißmuth auf mich lauern,
Wann ich der Stadt, die Dir so süß behagt,
Auf ewig gern das Lebewohl gesagt.

Meinst Du im Ernst: ich muß von Felsenmassen
Mir in der Stadt ein Prunkhaus thürmen lassen,
Zu nutzen froh das Bißchen Lebensfrist,
Bis für den Sarg auch mich der Tischler mißt? —

Komm her zu uns, wenn Winterstürme tosen,
Komm her im Lenz, komm um die Zeit der Rosen,
Komm, wenn der Herbst die Feldgewebe spinnt,
Und sieh, wie froh wir hier im Flecken sind.

Ja, gute Frau! die Stadt ist mir ein Kerker;
Nie tausch' ich drum der Hütte kleinen Erker,
Das Gärtchen nie mit bogigtem Stacket,
Wo schwesterlich Ebresch' und Linde steht.

Nie tausch' ich drum mein Lusthaus, unterm Schatten
Des Aufbirnbaums, der Lehmwand Rebenlatten,
Mein Bienenhaus voll gelber Körbe, nie
Mein Beet, geschmückt mit Boll' und Sellerie.

Obgleich der Schnee itzt flockt in Gaß' und Höfen,
Und nie der Torf verglimmt in unsern Oefen,
Den Hagelschlag der Sturm ans Fenster prellt,
Daß mancher Windkloß von den Dächern fällt.

So schwör' ich Dir: der Strahl der Wintersonne
Durch Fenster=Eis, der Kinder Weihnachtswonne,
Ein bied'rer Freund, der zwar geschliffen nicht,
Wie Herr'n vom Ton, doch ganz von Herzen spricht.

Ein weises Buch, ernst in die Hand genommen,
Die Hoffnung: ach! bald wird der Frühling kommen!
Die Reiser selbst im dörflichen Kamin,
Die, angefacht vom Blasebalge, glühn.

Ein Weib, das Abends plaudernd mit dem Kinde,
Ihr Spinnrad rollt mit blanker Rockenbinde:
Das Alles schon ist Wohlthat für mein Herz,
Und macht den Druck des Winters mir zum Scherz.

Doch schlüpfen erst aus tiefgespalt'nen Kerben
Des Apfelbaums die Abendvögel, färben
Sich erst des Flieders Blüthen violett,
Und duftet Lak auf meinem Fensterbrett;

Werd' ich erst selbst in meinem Gartenparke
Geschäftig seyn, mit Schaufel, Schnur und Harke,
Mit mir mein Weib, von Lenzluft so gesund,
Mein einzig Kind, so drall, so roth und rund;

Dann will ich gern mein Häuschen drum verwetten:
Du giebst — ich kenne Dich — für meinen netten
Aurikelnflor, für Lilj' und Rosenstock,
Gern Deinen Spieltisch hin mit Rock und Block.*)

Dann komme her, wer dieses Herz verwandeln
Zu können wähnt, mein Glück mir abzuhandeln;
O! großen Dank! für Haufen blank und baar,
Bekommt er's nicht, sey König oder Zaar!

2.

Freiheit auf dem Lande.

Die Leutchen in den Städten führt
Tyrannin Etikette,
Die drinnen Jung und Alt regiert,
Wie Sklaven an der Kette:
Bei Festen, Bällen, Assemble'n
Gebeut sie streng und herrisch;
Nach ihrem Trotzkopf muß es gehn,
Und wär's auch noch so närrisch.

Despotisch hält die Unholdinn,
Einst aus Pandorens Büchse
Herabgeschlüpft, mit Eigensinn
Auf Bückling viel und Knixe:

---
*) Kunstausdruck beim L'hombrespiel.

Sie macht den Rang bei Tafeln gern,
Verschickt Visitenkarten,
Und läßt vor'm Zimmer großer Herrn
Die Supplikanten warten.

Sie leert den Komplimentensack,
Sobald die Kaffeestunde
Der Weiber schlägt, zum süßen Schnack
In schwesterlicher Runde:
Dort läßt sie sonder Gnade dann
Die Finger hurtig stricken,
Fängt jemand auch zu niesen an,
Ringsum die Köpfe nicken.

Selbst Kranke, welche Podagra
Und Schwindsucht mit der Krücke
Getrieben nach Pyrmont und Spaa,
Verfolgt der Bübin Tücke:
Auf Promenaden nah' und fern
Läßt sie mit Uhr und Schminken
Gar drollig süße Frau'n und Herrn
Dort keuchen oder hinken.

Auch bringt sie selbst bei'm trauten Schmaus
Zuweilen, abgezirkelt,
Der Hausherrschaft Gesundheit aus,
Und was sie sonst noch schnirkelt. —
Doch treibt sie's nur in Städten so;
Wir aber auf dem Lande,
Wir beugten ihr den Nacken? — o!
Das wär' uns Schimpf und Schande!

Nein! hier, wo man's von Herzen meint,
Hat längst ihr Zwang ein Ende:

Kommt, oder scheidet hier ein Freund,
So drückt man ihm die Hände,
Kratzt auch mitunter hinten aus
Mit derben Stiefelsohlen,
Sagt seine Meinung kurz heraus,
Und damit Gott befohlen.

Hier ißt und trinkt man Mittags satt,
Läßt sich nicht lange quälen;
Hier herzt und küßt, was lieb sich hat,
Und braucht's nicht zu verhehlen.
Hier spricht man, sonder falschen Schein,
Das, was man dacht' und fühlte:
Kurz, unser Wort ist: Ja! und Nein!
Ein Schurke, der's nicht hielte;

Wir fragen nichts nach Modezier,
Und schmücken uns nicht eitel:
Nie schwatzt ein Possenhändler hier
Das Geld uns aus dem Beutel.
Kein Mensch läßt hier ein Kleid sich blank
Mit Gold und Silber sticken;
Wir tragen Leinwand und Kalmank,
Und auf dem Aermel Flicken.

Auch unsern Thieren klein und groß
Behagt die freie Sitte:
Die kräh'n und blöken sorgenlos
Oft selbst in unsrer Hütte;
Mit uns in einem Stübchen wohnt
Vertraulich Hund und Katze. —
Dank Dir, Natur, die uns verschont
Mit jeder steifen Fratze.

3.
Vorschlag an Henrietten.
Im Frühjahr 1900.

Siehst Du die Hauptstadt drüben,
Mein Liebchen, welche Dich
Bezaubert einst, im trüben
Entfernten Nebelstrich?
Des Luxus goldne Schimmer,
Der Mode Tändelei'n
Schloß dort im stolzen Zimmer
Bisher der Winter ein.

Jtzt aber rauschen Schleppen
Von Seid' und Musselin
Herab von allen Treppen
Zum Park in's junge Grün;
Jtzt gaukelt mit Getändel
Ein Schwarm von Stutzern dort
Und duftet von Lavendel,
Und spricht kein kluges Wort.

Denkst Du, Dich heimlich sehnend,
An jenes Glück, so zieh'n,
Den stillen Flecken höhnend,
Wir morgen nach Berlin! —
Ach! Deine süßen Augen
Verrathen Dein Gefühl:
Nein! braves Weib, wir taugen
Nicht mehr für Gaukelspiel.

Wir prunken nicht, wir lieben
Ein Dach, nur leicht bestroht,
Kuckfensterlein zum Schieben,
Und Milch und Rockenbrot,

Wir bau'n uns bei der Hütte
Ein wildes Gärtchen gern,
Nach armer Pflüger Sitte,
Für Mohn und Kürbiskern.

Wir folgen dem Gebimmel
Der Klöckchen auf der Trift
Gern unter freiem Himmel,
Im Erlenlaubgedüft;
Sehn gern von leichten Stangen
Den Feldzaun, festgeknüpft
Mit Bindeweiden, hangen,
Auf dem der Zeisig hüpft.

Wir schlendern gern, von Grillen
Begrüßt, durch hohen Klee,
Und pflücken Feldkamillen
Und Ehrenpreis zum Thee,
Und sammeln Feuersteine
Vom Acker, ohne Geld;
Bis Gluth vom Abendscheine
Bepurpert Wald und Feld.

Dann hören wir durch Krümmen
Des hohlen Weg's von fern
Der jungen Lämmer Stimmen,
Der Kühe Brüllen gern,
Gern Störch' im Neste klappen,
Und auf dem Gäßchen, bunt
Von Schaaf- und Rindertappen,
Gebell vom Hirtenhund.

Ach! eilten wir den Thoren
Der Stadt nun wieder zu,
Ging' Alles das verloren,
Verloren Freud' und Ruh'!

Nein! dieses Hüttchen berge
— O Weib, versprich es mir! —
Uns ferner, unsre Särge
Einst dieser Kirchhof hier.

4.
Entschuldigung.
An einen Freund in Berlin.
Im März 1800.

Abschied hat der Winter zwar genommen,
Und der Weg, im Jänner zugeschnei't,
Bessert sich; doch nach Berlin zu kommen,
Hab' ich itzt wahrhaftig keine Zeit:
    Soll umsonst der kleine Garten
    Auf des Hauswirths Pflege warten?
Soll den Frühling, hier so schön, so schön,
Ich im Rauch der Hauptstadt schöner sehn?

Unsre Gartenfreude zu vereiteln,
Ist der Frost zu schwach auf seiner Flucht;
Was von kleinen grauen Samenbeuteln
Man nur hat, wird dreist hervorgesucht,
    Und der Fußsteig zwischen Beeten
    Nach der Meßschnur festgetreten;
Und geschwind, wo sich's noch blicken läßt,
Weggeputzt der Raupe weißes Nest.

Was der Sturm im Januar zertrümmert
Hie und da an Lauben und Spalier,
Das wird emsig nun zurecht gezimmert,
Ausgebessert Zaun und Lattenthür.

An der Kirche Feldsteinmauer
Suchen wir uns dann in lauer
Mittagstunde schon den schönsten Strauß
Blauer Veilchen zur Erhohlung aus.

Täglich halten itzt mit süßen Bitten
Ueberall mich meine Kinder fest:
„Hasch' uns, lieber Vater, doch Kalitten!*)
Zeig' uns doch der Grasemücke Nest!"
Soll ich, statt die Lust zu theilen,
Freund, nach Deinen Mauern eilen?
Hätt' auch itzt mein Weib nicht mehr zu thun,
Als auf Bänken Deines Parks zu ruhn?

Bald läßt sie ein Nestchen bau'n zum Brüten
Für ein Huhn, das unaufhörlich gluckt,
Bald dem jungen Puter Krümchen bieten,
Der so eben aus der Schale kuckt,
Bald, verhütend großen Schaden,
Mich die Vogelflinte laden,
Wenn der Habicht über'm Hofe kreis't,
Der so gern einmal ein Entlein speis't.

Komm Du selbst, die Grillen zu verjagen,
Wieder zu uns her auf's schöne Land!
Berstende Kastanienkeime ragen
Schon in's Fenster, wo Dein Bette stand.
Nach dem Ritt Dich zu erfrischen,
Eilt dann Liebchen aufzutischen,
Was Du vor'ges Jahr mit Recht erhobst:
Ihr geschältes Muskatellerobst.

---

*) Schmetterlinge.

5.

Winterlied des Schulzen von Staken an die Städter.

Nichts bewitzelt eure Laune schärfer,
Als der armen Bauern stille Dörfer,
Die ihr drüben, hinter Mau'r und Wall,
Heute Schmaus euch gebt, und morgen Ball.

Zwar entwischt ihr wohl dem Glanzgewimmel
Eurer Straßen, wenn die Sonn' am Himmel
Bei uns lacht mit milderm Angesicht,
Und die Lauben frisches Grün beflicht:

Ja! und wahrlich auf dem Gottesboden
Schöpft ihr nur bei uns den reinsten Oden;
Doch — wenn Laub und Gras der Herbst uns dorrt,
Dann beklagt ihr uns, und schleicht euch fort!

Laßt mich trocken reden von der Leber:
Meint ihr Thoren, daß bei Schneegestöber
Unser einer sitzt und Grillen fängt,
Und vor Traurigkeit die Ohren hängt?

Statt in Saus und Braus euch 'rumzuwälzen,
Kommt einmal in Fuchs- und Zobelpelzen
Her nach Staken, wenn der Jänner schnei't:
Wollen sehn, ob ihr vergnügter seyd.

Arbeit ist's, ihr Herren Müßiggänger,
Die den Winter kürzt, wenn Opernsänger,
Mummerei und Spiel bis in die Nacht
Euch oft herzlich lange Weile macht.

Seht, zu Schlitten eilen wir im Kittel
Nach dem Forst, und holen trockne Knittel,
Wind- und Schneebruch, daß die Mutter dann
Recht in heißer Stube schmunzeln kann.

Unverdrossen ziehn wir aus, und rohren*)
Auf dem See, sobald er zugefroren;
Bessern fröhlich Knüppeldamm und Weg,
Flechten Zäun', und bauen Brück' und Steg;

Führen unverdrossen eurem Schnabel
Käs' und Butter zu; und manche Tabel**)
Wird uns, trotz der Peitsch' in unsrer Faust,
Noch zum Danke bei euch weggemauf't.

Munter pfeifen wir im Hof, und spitzen
Uns für Bäum' und Reben Pfähl' und Stützen;
Und so frisch der Wind aus Norden bläst,
Bleibt im Garten doch kein Raupennest.

Mutter denkt im Hüttchen nicht zu feiern:
Unterm Ofen packt mit frischen Eiern
Sie die beste Gans in's warme Nest,
Brut zu ziehn zum lieben Osterfest.

Läßt sich wochenlang kein Fremder sehen:
Immerhin! Von trauten Winterkrähen,
Saust es gleich und stöbert's noch so sehr,
Werden Hof und Gasse niemals leer.

Steigt beim Abendfrost, gleich einer Säule
Hoch der Rauch, daß keine Schleiereule

---
*) Rohren, Rohr abmähen.
**) Kober.

Auf dem Kirchenboden mausen mag,
Und kein Marder wankt am Taubenschlag;

Oder stürmt's, daß Thür und Fenster klappern:
O! dann sitzen wir vergnügt und plappern
Vor dem Heerd von Braut und Bräutigam,
Necken uns, und blasen auf dem Kamm.

Schwatzend lachen wir uns halb zu Tode
Ueber euern Hochmuth, eure Mode,
Euern Firlefanz von Gas' und Taft,
Eure Schulden, eure Hahnreischaft.

II.

6.

An den Mond.
Abends um elf Uhr im Fenster.

So manchen Abend traur' ich hier
In stummer Liebe Leid:
In meiner Schwermuth kuckst Du dann
Mich freundlich durch die Weiden an,
Daß mich's im Herzen freut.

Wenn doch, wie Du, mein Mädchen mild,
Wie Du so freundlich wär'!
O such' sie, lieber Mond, und schein'
Ihr in die blauen Augelein,
Und mach ihr's Herzchen schwer.

7.

Der April.

Sie heben an, der Lerchen Feldgesänge;
Die Unk' erwacht aus ihrer Winterruh;
Zum Anger eilt im blökenden Gedränge,
Voll Uebermuth, der Stier mit seiner Kuh.

Süß duften uns von jedem Fenster zu
Aus Wassergläsern Veilchen schon in Menge.
O schöne Zeit! O holdes Dörfchen du!
Wer tauscht dich itzt um eines Throns Gepränge?

Am Zaune sprießt, durchwärmt von Frühlingsgluth,
Das junge Gras; und frohe Kinder schneiden
In's Körbchen Nesseln für die Gänsebrut.

Und Liebchen läßt, geschirmt vom Sonnenhut,
Den Säugling heut zum erstenmal mit Freuden
Am jungen Grün die Wunderaugen weiden.

8.

Ländliche Frühlingsscenen.

Von neuem wird's so herrlich grün
Auf Ackerland und Triften.
Die gelben Dotterblumen blühn,
Die blauen Veilchen düften.

Gewärmt von milderm Sonnenschein
Treibt Kirschbaum und Hollunder.
O! überall in Feld und Hain
Und Garten neue Wunder!

Der Sä'mann geht mit weißem Tuch,
Streut Linsen aus und Wicken.
Die Rinderheerde gras't im Bruch,
Das Schaf auf Rasenstücken.
Im Hofe thun bei Mückentanz
Die Küchlein schon so munter.
Die Bauerfrau berupft die Gans
Und legt ihr Eier unter.

Die gelbe Honigbiene schwebt
Um blüh'nde Himbeerhecken;
Die Dirne, die im Garten gräbt,
Reißt Unkraut aus und Quecken.
Der Hauswirth harkt den Gartensteig,
Sä't Mohn und Gurkenkerne.
Indessen ruft die Unk' im Teich,
Der Kuckuck in der Ferne.

Die Pfirsichbäume, vor dem Frost
Bisher mit braunen Matten
Noch zugedeckt, blühn schon getrost
An schmalen Mauerlatten.
Aus Beeten strebt Basilikum
Bei Federnelk' und Liljen.
Der Gärtner schaut sich fleißig um,
Die Raupenbrut zu tilgen.

Wie läßt es sich am Rasentisch
Der Sommerlaub' im Garten,
So lieblich hinter Nußgebüsch
Doch auf Begeist'rung warten!
Solch Oertchen nur — verlang' ich viel?
Laß bald in stillen Gründen
Mich für mein ländlich Saitenspiel,
Natur, auf immer finden.

9.
Lied im Frühling.
An Henrietten.

Am Birkenzweige blättert
Der volle Keim sich auf.
Das frohe Eichhorn klettert
Am Stamm hinab, hinauf.
Die trägen Winterschläfer:
Waldbiene, Wesp' und Käfer
Und Hummel, wachen auf.

Mit grünen Wasserlinsen
Färbt sich das Wiesenmoor.
Es hüpft aus Schilf und Binsen
Der muntre Frosch hervor.
Die Wasserjungfern fliegen
Am Ufer hin, und wiegen
Sich froh am jungen Rohr.

Und an den Gartenbäumen
Wird alles weiß und grün.
Die Maienblümchen keimen,
Hollunder und Jesmin.
Bald wird die Ros', o Wonne!
Am wärmern Strahl der Sonne,
Für Dich, mein Jettchen, blühn.

10.

Der Mai 1795.
An Henrietten.

Fort, Liebchen, mit dem Winterpelz!
Der West umliebelt Dich.
Allegro tönt im Birkgehölz
Beim frühen Vogelstrich.
Und täglich färbt der Wiese Schmelz,
Die Heide frischer sich.

O komm in's Gärtchen: munter kriecht
Die Raup' am Lindenbast;
Der erste Schillebold umfliegt
Des Birnbaums Narbenast,
Und warmer Frühlingsodem wiegt
Der Blüthe Dunenquast.

O komm in's Freie: fröhlich schift
Der Schwan auf unsrer Spree;
Der Wasserblümchen Lenzgedüft
Umhaucht den Unkensee,
Und auf der weichen Gänsetrift
Sprießt Honiggras und Klee.

O sieh! wie Alles weit und breit,
Von lindem Schmeichelwind
Mit Wonneblüthen überstreut,
An warmer Sonne minnt!
Vom Storche bis zum Spatz sich freu't,
Vom Karpfen bis zum Stint!

Weh dem, der itzt bei Städtertand
Den Mai verlieren muß,
Nicht wandeln kann am Quellenrand,
Umkränzt von Cytisus,
Noch ruh'n, wie wir, an Heckenwand
Bei Els' und Wassernuß!

11.

An den Monat Julius.

❦

Unzählig oft hat man vom Mai geleiert,
Den Geistern von Geschmack zum Ueberdruß;
Doch deinen Ruhm, du schöner Julius,
Hat keiner noch, so viel ich weiß, gefeiert:
So wag' ich's denn und singe laut dein Lob!
Und zürnte gleich der Stutzer Mai darob.

Sein Veilchenbeet, gerühmt von allen Barden,
Ha! wer erhebt's, verkannter Julius,
Wohl über Liljen und Convolvulus
Und Span'sche Wick' und Nelk' und Spikanarden,
Wohl über Kaiserkron' und Rosenstrauch,
Die später blühn an deinem warmen Hauch.

Zwar bläht der Mai sich mit dem Blüthenbaume,
Der kurze Lust doch nur dem Auge schafft;
O Julius! durch deines Odems Kraft
Reift für den Gaumen Kirsche, Birn' und Pflaume
In Wald und Garten rings, auf Berg und Au
Schenkst du den Kindern Beeren roth und blau.

Was kann der Schwächling Mai zum Mahl bescheren?
Radieschen und Spinat! ein dürft'ger Schmaus!
O! mehr als dieß, leerst du dein Füllhorn aus,
Gilt ein Gericht von Zuckerschot' und Möhren,*)
Du spendest Himbeer'n und Melonenfrucht,
Die man umsonst im Frühlingsgarten sucht.

Oft wandelt noch der Mai die Schmeichelweste
In rauhen Wind; oft ist sein Abend kalt,
Daß Kirschenblüth' und Wein verdirbt, und bald
Das Vögelchen erfriert im offnen Neste:
Bist du erst da, du, immer mild und warm,
Sinkt, was da liebt, sich froher in den Arm.

Ha! wie erquicken deine Abendlüfte,
Wenn Käfer ziehn mit schnurrendem Gesumm!
Wie haucht so süß dein Caprifolium!
Wie laben deiner Linden Blüthendüfte!
Und o! wie gern schlüpft mancher Kranke dann
In's Quellenbad, was er im Mai nicht kann.

Wagt's wo ein Feind dir Manches aufzurücken?
Verläumdung ist's! vor deiner Sonne Gluth
Birgt sich das schöne Weib im Halmenhut;
Wer schmält im Ernst auf deine muntern Mücken?
Ja, deine Fliegen selbst thun wenig Tort:
Die schaffen Fliegenklapp' und Rothbart fort.

Singt denn, so lang' ihr wollt, in Meisterliedern
Ihr Herrn! von Lenzgefühl und Maigenuß!
Ich rühme dich, mein Liebling Julius!
Du bleibst mir werth vor allen deinen Brüdern.
Ein Milchbart ist der Mai; du bist voll Mark
Und reifer Kraft ein Mann, gesund und stark.

---
*) Mohrräben.

12.
Herbstlied.
An Henrietten.

Die liebe Fensterschwalbe flieht,
Und auf die Stoppelfelder zieht
Ein lauter Schwarm von Dohlen.
Schon saust der Wind so naß und kalt,
Und wird aus meinem Gärtchen bald
Die letzten Blätter hohlen.

Die Rasenbank und selbst der Ort,
Wo du geruht, ist bald verdorrt;
Schon lange sind verschwunden
Stiefmutter, Ros' und Rittersporn;
Am Zaune welkt der Schotendorn*)
Den du so hübsch gefunden.

Von jener Bohnenlaube, wo
Von Lauschern fern so keusch und froh
Wir in die Arm' uns sanken,
Wo Seelenlieb' uns innigfest
Vereint, besteht der ganze Rest
Aus wenig gelben Ranken.

Die Schwalbe flieht; das Blatt verdirbt;
Der Rasen und die Blume stirbt;
Laß fliehen hin! laß sterben!
O Mädchen! jenes feste Band,
Das Lieb' uns um die Herzen wand,
Kann ewig nicht verderben.

---
*) Akazie.

Du hast ein Stübchen warm und dicht,
Da schadet dir der Winter nicht,
Und thät' er noch so böse;
Da siehst du still den Flocken zu,
Und Abends wiegt in süße Ruh
Dich seines Sturms Getöse.

Sei's draußen noch so rauh und kalt:
An deinem Fenster hast du bald
Den Lenz in bunten Töpfchen:
Um Weihnacht, welche Freude! strebt
Empor die Hyacinth', erhebt
Die Tulp' ihr grünes Köpfchen.

Nach Ostern, wann die Unke ruft,
Wann in der lauen Frühlingsluft
Die Himbeern wieder sprießen:
Dann wird mein Gärtchen hold und froh
Dein schönes blaues Auge, so,
Wie vor'ges Jahr, begrüßen.

Und kommt der schöne, warme Mai,
Und bringt uns Blümchen mancherlei,
Und bunte Vogeleier:
Dann steckst du, süßes Mädchen! hier
Die ersten Erdbeerblüten dir
An deinen Busenschleier.

III.

13.
An die Natur.
Im Herbst 1788.

Wann die Kirchenschwalb' ihr Giebelnest,
Und der Storch sein Scheunendach verläßt;
Wann die Fledermaus sich in der Mauer
Vor dem nassen Wind ein Obdach wählt,
Und im Buchenwald ein schirmend Zelt
Has' und Damhirsch vor dem Regenschauer;

Wann die Krähe schon so niedrig streicht,
Hinterm Nebeldunst die Sonn' erbleicht;
Wann die Wolken treiben, und der Regen
Von dem Birkenbusch die Blätter leckt,
Und der Fußsteig drunter sich versteckt,
Und das Fahrgleis' in den Seitenwegen;

Wann der Herbstwind durch die Brüche saust,
Wild am Rohr die dürren Büschel zaust,
Und das Schilf zerknickt, und tiefe Kerben
In der angeschwollnen Havel zieht;
Wann die letzte Blum' am Bord verblüht
Röthlich sich die Uferweiden färben;

O Natur! auch dann begrüß' ich so
Wie im Blüthenmond dich innig froh.
Wird mir doch, wann ich zum Liebchen eile,
Bald, von ihrem weißen, weichen Arm
Sanftumfangen, wieder wohl und warm.
Schwirre Regen dann, und Sturmwind heule!

14.

An den Sturm.
Im Herbst 1796.

Nur auf ein Weilchen machten Lenz
Und Sommer deinem Grimm ein Ende:
Das Zepter deines Regiments
Nimmst du von neuem in die Hände;
Schlägst mir vom Baum, verweg'ner Sturm,
Eh' ich's gewollt, die Weihnachtsäpfel;
Und schickst uns über'n Kirchenthurm
Der Wolken ewiges Getröpfel.

Ich bin's zufrieden; nur ein Thor
Verlöre drum ein böses Wörtchen.
Ich gebe gern den Asterflor
Dir preis in meinem Lieblingsgärtchen.
Du magst auch dieses Jahr, wie's dir
Beliebt, in Gottes Namen schalten;
Jedoch vorher erlaube mir,
Zu deiner Pflicht dich anzuhalten.

Für's erste, wenn der Weinmond kömmt,
So jage du vor allen Dingen
— Schon sind die Beeren eingeklemmt —
Mir Vögel in die Bügelschlingen.
Dann kannst du auch mitunter wohl
Ein wenig Reif uns streu'n und Flocken,
Und Nachts dadurch zum Gartenkohl,
Ein Häschen für den Bratspieß locken.

Nie werd' ich je aus Eigensinn
Dir irgend eine Kurzweil wehren:
Du magst, nach Willen, immerhin
Den Ruß in meinem Rauchfang kehren.

Und da bei uns, vom Herbstmond an,
Klavier und Harfe nicht verstummen,
So kannst du Abends dann und wann
Den Baß dazu im Schornstein brummen.

Doch ist's höchstnöthig, auch dabei
Dir feine Sitten einzuschärfen:
Nie, wag' es wieder, ohne Scheu
Mir Thor und Planken umzuwerfen,
Nie stolz auf deiner Lunge Kraft,
Des Höfchens Dächer abzudecken,
Noch mir bei Nachtzeit, tölpelhaft,
Die Kindlein aus dem Schlaf zu schrecken.

Auch braucht es der Erinn'rung kaum,
Daß sich's fürwahr nicht würde schicken,
Mir etwa Nuß= und Pflaumenbaum
Und Birnenstämmchen umzuknicken;
Noch mir mit schadenfroher Wuth,
Muß ich bei Nacht und Nebel jagen,
Recht meisterlich den Reisehut
Just in den tiefsten Schnee zu schlagen.

Noch hab' ich itzt am Schlusse dich
Um eine Artigkeit zu bitten:
Vielleicht wagt einst im Winter sich
Mein Weibchen in den Bauerschlitten:
Dann theile rings den Nebelduft,
Und laß die liebe Sonne strahlen,
Und fächle sanft, wie Maienluft,
Die süße Wang' ihr roth zu mahlen.

15.

Der Landmann im Winter.

Wenn rings der Winter sauſt und ſchnei't,
Der Städter ſich der Opern freut,
Sich närr'ſch vermummt, auf Bällen ſpringt,
Und Punſch bis an den Morgen trinkt:
Dann fehlt's uns armen Bauersleuten
Auch nicht an Freud' und Luſtbarkeiten.
Wie luſtig! wenn durch Schneegewölk
Die Morgenſonn' am Dachgebälk
Die Zapfen von Kryſtall durchſchimmert,
Und Rauhreif an den Bäumen flimmert!
Wenn vor dem Hüttchen, ſonder Scheu,
Die Meiſe hackt in's Fenſterblei!
Und ſich am Born, mit Stroh umwunden,
Die Kräh' entzweit mit Hahn und Hunden!
Dann giebt's hier Zeitvertreib genug:
Wir flicken Wagenrad, und Pflug
Und beſſern Garten, Scheun' und Haus
Und Flegel, Senſ' und Harken aus.
Wenn's im Dezember friert, ſo laufen
Wir nach der Stadt, um einzukaufen
Für's kleine Volk, zum heil'gen Chriſt,
Was ſchmeckt und nicht ſo theuer iſt:
Spinnjungfern, welſche Nüſſ' und Kringeln;*)
Da hört man Schlittenpferde klingeln
Und eilt aus all' dem ſtädt'ſchen Saus
Vergnügt zurück zum kleinen Haus. —
Schlägt unſ're Uhr Nachmittags Vier,
So wird's erſt recht lebendig hier:

---

*) Ein nicht koſtbares Backwerk.

Dann schließt der Küster seine Schule
Und auf des Dorfes Entenpfuhle
Prüft, mit dem Schreibzeug unter'm Arm,
Das Eis ein froher Bubenschwarm.
Hier, unter Lärm und lautem Witze,
Fliegt mancher Schneeball an die Mütze,
Bis rings der Kiehn der Hütten lodert,
Und Vesperbrot der Magen fodert.
Um Weihnacht singen Abends gerne
In weißen Hemden, mit dem Sterne,
Die Weisen aus dem Mohrenland:
„Die Sonn' hat uns so schwarz gebrannt."
Dann läuft zusammen Kind und Greis,
Gewaltig jucht der frohe Kreis,
So oft, mit Goldpapier geschmückt,
Herodes aus dem Fenster nickt. —
Oft lauern wir im warmen Kittel
Den Füchsen auf mit derbem Knittel,
Die uns're Hühnerställe wittern,
Wenn hell von Frost die Sterne zittern,
Ertappen auch den Hasen wohl,
Der sorglos nascht vom braunen Kohl.
Geht's einst im Schlitten nach dem Wald,
Wo keines Jägers Hiefhorn schallt,
Kein Damhirsch gras't, das Eichhorn kaum
Sich zeigt im hohen Tannenbaum:
Wie lächelt dann in Schnee und Sturm
Entgegen uns des Dörfchens Thurm,
Sobald wir wieder heimwärts lenken,
Zu ruh'n auf unsern Ofenbänken!
Im heißen Stübchen, eng und traut,
Giebt's nun Kartoffeln mit der Haut,
Gesundes Halbbier, hat man Durst,
Auch, wenn es hoch kommt, frische Wurst.

Dann reißt die Mutter Gänsefedern
Und zum Geschnurr von Spinnerädern
Erzählt man viel von grausen Sachen:
Dreifüß'gem Hasen oder Drachen,
Der feurig in den Schornstein springt,
Und Manchem Speck und Eier bringt;
Schlüpft dann in's Bettchen, hochgethürmt,
Schläft fester nur, je mehr es stürmt,
Und will um aller Fürsten Pracht
Nicht Wächter seyn in solcher Nacht.

16.

Werneuchen.*)

An Friederike Brendel.

Im April 1795.

Wenn's künftig Jahr um diese Zeit
Vom blauen Himmel nicht mehr schnei't,
Wenn vor der Pfarre kleinen Zellen
Der Lindenbäume Knospen schwellen,
Schon hie und da die Frösche quäckern,
Die ersten jungen Lämmer meckern,
Der lockern Erde Frühlingssaft
Steigt in der Birk' und Erle Schaft,
Und Vögel in den Ahornhecken
Die weißen Eierchen verstecken:
Dann kommst du, unsers Glückes froh,
Im Hute von geflochtnem Stroh,

---
*) Ein Flecken, drei Meilen von Berlin.

Zu athmen hier voll Veilchenduft
Werneuchens reine Frühlingsluft.
O Freundinn! tausend Freuden warten
Auf dich in Haus und Hof und Garten.
Im Erkerstübchen schläfst du hier,
Doch nur bis morgens früh um Vier'.
Die Henn' erweckt dich dann vom Schlaf,
Sitzt auf der Pfort' und kakelt brav.
Auch pfeift und singt mit frohem Sinn
Der Großknecht und die Melkerinn.
Wir tragen dann den Fliesentisch
In unsrer Laube Nußgebüsch,
Um Thee dort von Salbei zu trinken.
Die schrägen Beetenfenster blinken
Am reinen, rothen Morgenstrahl.
Der Kibiz ruft im Binsenthal.
Mit freiem Haar und ungeschnürt
Wird dann im Gartensteig spaziert.
Wer wird so ängstlich sich verstecken
Vor Sonnenbrand und Sommerflecken?
Dann hilfst du gelbe Rüben fegen,
Siehst nach, ob Gäns' und Hühner legen,
Besuchst auch unter'm Dach die Tauben
Mit glattem Hals und blauen Hauben.
An's Pförtchen lockt die Neugier dich:
Ein Brunnengast erkundigt sich:
Wie weit noch Freienwalde sei;
Auch singt mit warnendem Geschrei
Ein Bettelmann am Wanderstab
Ein Lied vom Delinquenten ab.
Nach Tische kommt im grünen Rock
Ein Pächter mit dem Krückenstock,
Um sich von Holland oder Polen
Die wärmste Neuigkeit zu holen.

Wir wandeln nun mit mäß'gem Schritt
In's Feld; er nimmt ein Brennglas mit,
Am Schlehdorn, in versteckten Gründen,
Die Pfeife, ruhend, anzuzünden.
Indem man traulich schwatzt, erschallt
Hervor aus schwarzem Fichtenwald
Die breite Holzart fleiß'ger Männer
Für Schneidemühl' und Ziegelbrenner.
Die Wachtel schlägt im grünen Korn,
Und fernher tönt ein Jägerhorn.
Hat über Moos und Maulwurfshaufen
Mein Junge müde sich gelaufen:
So steuern wir mit heiterm Blick
Gemach nach unserm Thurm zurück.
Doch wird der Gang noch oft gehemmt
Vom Hirten, der die Schaafe schwemmt,
Vom Bauer, dessen Ackerpferd
Nach Hause mit der Egge kehrt;
Denn wer dich kennt, mag gerne zaudern
In deiner Gegenwart, und plaudern.
Im Flecken eilt am kühlen Abend
Die Jugend uns entgegen trabend,
Wird gern beschenkt und gern geküßt,
Und jede fleiß'ge Frau gegrüßt,
Die hinter'm Zaun im Garten jätet,
Und derben Teig zum Backen knätet.
Den Küchlein auf dem Pfarrhof mengst
Du Brot und weichen Käse, tränkst
Sie vor dem Born aus kleinem Kübel;
Und lüstern schaut die Kräh' vom Giebel.
Auch hast du Fehd' und Spaß genug
Alltäglich um dein Busentuch
Mit unserm großen Puterhahn,
Der helles Roth nicht leiden kann. —

Doch Frauchen ruft zum Abendessen!
Bei Rührei und Salat von Kressen,
Schafkäs' und Meth und Birkenwasser
Bespötteln wir den reichen Prasser.
Spät schleicht man bis zum Heck hinauf;
Giebt sich im Gehn manch Räthsel auf,
Erzählt von Fee und Zwerg und lacht,
Und wünscht sich herzlich gute Nacht;
Schläft, o! so sanft und so gesund,
Und hört nicht Horn noch Bauerhund.

17.

Die Pichelsberge bei Spandau.

An Herrn geheimen Sekretär Herzberg in Berlin.

Lebendig schwebt vor meiner Phantasie
Der Festtag noch, der uns vom Lager körnte,
Der uns, bethaut von Morgennebel, früh,
Auf jene Höh'n, voll Geistergrau'n, entfernte.
Was fand ich, o! für dich Melancholie,
Dort für ein Uebermaas der reichsten Ärndte!

Dort war's, wo Wodan einst in greiser Zeit
In der Alrune Ohr die Zukunft hauchte,
Wo einst der Priester Teut's im Feierkleid
Des Messers Kling' in's Blut des Widders tauchte,
Wo sühnend einst, dem Heidengott geweih't,
Das Opferthier auf hellem Holzstoß rauchte.

Dort war's, wo sonst im sichern Diebesloch,
Trotz Schwerd und Strang und allen Frevelrächern,
Der Cullian der Vorzeit sich verkroch,
Und Schnippchen schlug bei vollen Moslerbechern.
Dort blutete der Pilgrim: sah'st du noch
Die Schädelrest' in jenen Iltislöchern?

Ha! welch Gewühl dort von Insektenbrut!
— Dem Forscher der Natur die schönste Schule —
Von Wäls und Stint in waldumwachs'ner Fluth!
Von Schlang' und Kröt' im grüngegor'nen Pfuhle!
Wie gräßlich lockt' im Busch, voll süßer Wuth
Die Hindin sich der breitgehörnte Buhle!

Ein Myriadenheer Waldvögel nährt
Dort von Wachholderbeeren sich und Wiepen;
Dort wanken Vogler nur, auf deren Heerd
Verführerisch die blauen Meisen piepen,
Und seltner arme Weiber noch, beschwert
Mit abgestürmtem Raffholz in den Kiepen.

Wenn irgendwo ein scheuer Berggeist haus't,
So muß er dort in finst'rer Wüste lauern:
Was ist's, das sonst das Wipfellaub durchsaus't?
Vernehmlich ächzt aus jener Klüfte Schauern?
Was packt' uns sonst mit unsichtbarer Faust
In jenes Götzentempels öden Mauern?

Geht dort einmal ein müder Wand'rer irr,
So muß er tagelang von Vogelkirschen
Sich sättigen, umflattert vom Geschwirr
Des Federwild's, begafft von Reh'n und Hirschen,
Noch glücklich, wenn aus dickem Dorngewirr
Der Bache Hau'r ihm nicht entgegen knirschen.

Er rettet selbst aus dieser Wüste Gräu'l
Zum Pfad sich nie hinaus, und überschrie' er
Auch gleich der wilden Katze Nachtgeheul,
Bis ihn der Jäger leitet, oder früher
Vielleicht im Thal des Klafterschlägers Beil
Sein Kompaß wird und fernes Roßgewieher.

Zwar von des Urnenberg's verruf'ner Kluft,
Die wilder Apfelbaum und Schleh'n umdunkeln,
Und deren Zugang Regen abgestuft,
Hört man im Dorf viel Wundersames munkeln:
Dorthin gebannt durch Hexenzauber, ruft
Ein Ries' heraus, sobald die Sterne funkeln.

Doch hätt' ich, trotz dem Grimm des Tückenbold's,
Der dort, wie im Asyl, keck und vermessen
Den Waller neckt, so gern auf Wurzelholz,
Voll gelben Sand, bis in die Nacht gesessen;
Ja, hätt' auf dich, Gefühl der Schwermuth, stolz,
Ein Weilchen selbst mein Hüttendach vergessen.

18.
Der Kirchhof zu Tegel.*)

Dieses Dorfes graue Giebelhütten,
Von Holundersträuchen wild umwachsen,
Seiner Bauersleute biedre Sitten,
Seiner Hähne Kräh'n, der Hühner Garen,
Haben oft mich, kam der Storch geflogen,
Aus der Stadt Getümmel hergezogen.

*) Bei Berlin.

Aber öfter wahrlich! deinethalben,
Stiller Wohnort nächtlicher Gespenster,
Schlich ich her; denn deine tausend Schwalben,
Deine langen, trüben Kirchenfenster,
Und dein Pfriemenkraut, dein wilder Wermuth
Sind so recht für meiner Seele Schwermuth.

Sei gegrüßt, verfall'ne Kirchhofsmauer,
Uebergrünt von hohen Maulbeerbäumen!
Läßt sich nirgends, als in deinem Schauer,
Doch so süß vom bessern Leben träumen.
Ha! des alten Thorwegs schiefe Pfosten,
Wie sie sinken! Häsp' und Klinke rosten!

Aus der Grabgebeine morschen Theilchen
Sprießt, o Tod, auf deinem Eigenthume
Zwar nur hie und da ein blaues Veilchen,
Neben Ehrenpreiß und Gänseblume;
Bei den schwarzen Tafeln, halb verwittert,
Duftet Flieder nur, vom West erschüttert:

Doch am Beinhaus, wo des Mauerpfeffers*)
Blättersterne sich im Schatten runden,
Kann ich endlich vor des städt'schen Kläffers
Fadem Witz ein Zufluchtsörtchen finden.
O! wie einsam! nur der Küster hämmert
Manchmal an der Thurmuhr, wenn es dämmert.

Und auch ihr könnt hier in Frieden bleiben
Vor dem Lärm der Welt, ihr Grabesschläfer:
Unter Kletten, die am Grab bekleiben,
Stört euch nicht der stille Todtenkäfer;
Ruhe wehn die Nesseln, die den gelben,
Eingesunknen Hügel überwölben.

*) Hauswurz, Hauslauch.

Ohne Furcht vor Sanduhr oder Sense
Auf des sel'gen Amtsmanns Leichensteine,
Grasen zwar des Pfarrers junge Gänse
Manchmahl hier im Frühlingssonnenscheine;
Zum Geschrei der Fledermäus' und Eulen
Blökt auch hier des Küsters Lamm zuweilen.

Doch was schadet's? In dem Todesschlummer
Seid ihr doch vor Menschen nun geborgen,
Und von Menschen kam doch euer Kummer,
Kamen eure Thränen, eure Sorgen.
Wohl! daß Tugend euch den Fußsteig bahnte
Zu dem Glück, von welchem hier euch schwahnte.

Ach! wie ihr, in euren stillen Särgen,
Wünscht' ich oft, im Innersten beklommen,
Vor den Menschen tief mich zu verbergen!
Könnt' ich doch, wenn einst mein Stündlein kommen,
Nach des Schicksals Schlägen, die mich trafen,
Unter diesen Maulbeerbäumen schlafen!

19.
An den Jungfernwald bei Berlin.
Im October.

Du, den seit vier Jahren ich nun kenne,
Oft durchwandelte bergauf, bergab,
Ha! der erste Park der Kunst gewönne
Nie bei mir den Rang dir wieder ab:
Fühllos geh' ich ihn vorbei, verachte
All' sein Spielwerk, seit ich dich gesehn,
Seit ich dich zum Busenfreunde machte,
O du Gottesgarten, wild und schön!

Lieber sind, als seine Marmorbüsten,
Grabmal, Grott' und Otaheitisch Dach,
Mir die Tannenhäher, die hier nisten,
Und die Reh' im stillen Fichtenschlag,
Lieber deine krummen Eichenstämme,
Deine weißen Birken, schwarz gestreift,
Und dein heimlich Thal voll Fliegenschwämme,
Wo Holunder für den Rothbart reift.

Nie im Lenz und Sommer müde laufen
Konnten meine Füße sich in dir;
Und beinah schon jeden Ameishaufen,
Jeden Platz voll Reitzker*) kenn' ich hier,
Jeden Busch, wohin des Jägers Stapfen
Nie vielleicht gebahnt sich einen Pfad,
Wo den abgefallnen Tannenzapfen
Nie ein Rothwild auf der Flucht zertrat.

Aber jetzt, da du in Nebelbroden
Und in dicken Heerrauch dich gehüllt,
Da der Sturmwind auf den falben Boden
Deine Blätter schüttelt kalt und wild;
Da die Amsel sich zur weiten Reise
Fertig macht, kein Hänfling länger harrt,
Und, den Regen witternd, hoch im Kreise
Raben schweben, und der Grünspecht knarrt:

Jetzt, o trauter Wald, wär's auch am trübsten
Regentag, durchsuch' ich weit umher
Auf verwachsnem Schleifweg dich am liebsten,
Sausten deine Wipfel noch so sehr;

---

*) S. unten S. 37 Z.

Lehn' am Baum, betrachtend, wann die Tropfen
Dichter fallen, mich auf meinen Stock,
Oder lausche durch den wilden Hopfen,
Wann die Ricke*) pfeift nach ihrem Bock.

Wie sich's dann, wann mit zerzausten Locken,
Roth' und gelbe Blätter auf dem Hut,
Ich bei'm fernen Schall der Hammelklocken
Wiederkehr', in Liebchens Armen ruht:
O das weiß nur der, der das Gepränge
Eitler Städter gern vergißt bei dir,
Und dem Gott im Stübchen traut und enge
Ein zufriednes Herz beschert, wie mir.

20.
An das Dorf Fahrland.

Du, dem die süßesten Freuden der frühen Jugend ich danke,
Das mein romantisch Gefühl in seinen traulichen Winkeln
Früh mir geweckt, o Dorf! wie gern mag ich deiner gedenken!
Ha! ich kenne dich noch, als hätt' ich dich gestern verlassen,
Kenne das hangende Pfarrhaus noch mit verwittertem
    Rohrdach,
Wo die treuste der Mütter die erste Nahrung mir schenkte,
Kenne die Balken des Giebels, wo längst der Regen den
    Kalk schon
Losgewaschen, die Thür mit großen Nägeln beschlagen,
Kenne das Gärtchen vorn mit dem spitzen Stacket, und die
    Laube

---
*) Ricke, das Weibchen des Rehbocks.

Schräg mit Latten benagelt, und rings vom Samen der dicken
Ulme des Nachbars umstreut, den gierig die Hühner sich
pickten.
Nimmer, nimmer vergeß' ich der herrlichen Schaukel von
Stricken,
Die an den Nußbaum selbst ich geknüpft, der Pfütze des
Hofes,
Wo nach dem Regen die Enten sich wuschen, wo öfter ich
muthig
Neckte die zischende Gans, die die wolligen Kleinen in
Schutz nahm,
Jenes Winkels im Hof, wo der Iltis hinter dem Holzstoß
Schlau sich versteckte, wo forschend ich hinter modernden
Brettern
Hühnereier oft fand, die jauchzend der Mutter ich brachte;
In der Mitte des Hofs der Futterraufe, die müssig
Oft ich herumgedreht, der Scheune durchlöcherter Lehmwand,
Von den Bäumen des Gartens beschattet, wo einsam die
Elster
Haust', und auf kleinen Rabatten, mit hohem, beschnittenen
Buxbaum
Eingefaßt und Salbei, die schönen Johannisbeerbüsche,
Nicht viel größer als ich mit rothen Trotteln mich lockten,
Möchte die Zeit mit geschäftiger Hand doch Alles zerstören,
Wenn, o Dörfchen! nur Du die Gestalt, die ich kenne,
bewahrtest!
Wenn ich, von keinem gekannt, in deine Stille mich schleiche,
Find' ich des Kirchhofs Mauer, von Wind und Wetter
zerbröckelt,
Noch? Die geflochtenen Zäune mit lilablühenden Disteln
Und Kamillen am Boden umkränzt, das knarrende Heck*) noch,

---

*) Das Heck heißt in Niedersachsen die aus Reisern geflochtene oder aus Latten zusammen geschlagene Thüre, welche den Eingang und Ausgang eines Dorfes, der ganzen Breite des Fahrweges nach, verschließt.

Und die Schmiede dabei mit dem Abends funkenden
Schorstein?
Noch im Walde von Sakrow die Stelle, wo röthliche Reitzker*)
Suchten mein Vater und ich, um sie Abends gebraten zu
essen?
Noch die Löcher voll Schwalben am sandigen Hügel der
Windmühl',
Und das Becken der Heide voll hoher schuppichter Fichten,
Duftend von Harz, voll Hambutten und hundertjähriger
Eichen,
Deren Eichelnäpfchen so gern ich gesammelt? die öde
Krähenhütte mit lockendem Uhu, zur Seite das Scheusal,
Das sich im Hirsefelde zum Schrecken der Vögel bewegte?
Grünt in jenem Gehäge der tiefgewundene Busch noch,
Wo, trotz hüpfenden Kröten, die heimlich reifende Bartnuß,
Sonst von keinem erspäht, vor mir sich vergebens versteckte?
Säuselt auf halbem Wege nach Carzow der knorrigte wilde
Birnbaum noch, wo Zigeuner und Bettler gewöhnlich sich
lagern?
O! wie warst du so schön, wann zum erstenmal wieder die
Kühe
Wateten brüllend am Ufer der Havel durch blühende
Mummeln,**)
Dumpf von Wespen umsummt, wann im Blütenschatten
der sauren
Kirschen die Küchlein so froh durch die Flügel der gluckens
den Henne
Kuckten, im Strohhut Weiber auf blumiger Wiese die
Leinwand
Bleichten, und singend am Graben das neue Gras sich die
Kuhmagd

---

*) Reitzker, eine Art wohlschmeckender Erdschwämme, Agaricus deliciosus Linn.
**) Mummeln, Caltha palustris, Linn.

Sichelte! Schlug es dann fünf im Thürmchen, so langte vom Nagel
Meister Katsch, der Schulmeister, den großen Schlüssel, um dreimal
Anzuziehen den Hammer der Betklock'; über des Kirchhofs
Blühende Wolfsmilch schritt er in schweren Pantoffeln; es glänzte
Unter der Müt' ihm hervor der gelbe Kamm; aus dem Schalloch,
Grüßt' ihn die lärmende Schaar der liebegirrenden Schwalben.
Beim Backofen der Bauern, geschwärzt am dampfenden Rauchloch,
Schief vom Wetterdache beschirmt und von Nesseln um-wuchert,
Spielten fröhliche Kinder im Sand', am Rücken den Pohl-rock*)
Zugeknöpft, mit dem alten geduldigen Hunde des Jägers;
Andre bliesen vom Stengel die wolligen Köpfe verblühter
Butterblumen, und lauerten still am Garten des Amt=manns,
Wo die schlechtesten Tulpen der Gärtner über den Zaun warf!
Rings war dann alles so still; denn im Felde sä'ten die Bauern
Haber, fällten Holz für der Stadt Theerofen, und suchten
Watend die grünlichen Eier der wilden Enten im Schilf=bruch.
Doch, wann matter die Strahlen der Sonne wärmten, und sanfter
Die durchlöcherten Kasten voll Fisch' am Ufer der See hob,
Schlenderte jeder nach Hause mit Axt und Kober und Sä'tuch.

---

*) Pohlrock, ein, nach polnischer Art, bis auf die Füße gerade herabgehender Leibrock, ein Negligé für Kinder.

Deann erquickt von der nährenden Milch und dem kräftigen
Schwarzbrodt,
Reckten Männer und Weiber, und Knecht' und Kinder und
Mägde,
Samt den ehrbaren Spitzen mit schweren Knüppeln am
Halse,
Unter dem Rüster*) vor'm Hause sich aus. Der blüh'nden
Ebreschen
Bittersüßes Gedüft, die grünlichen Dächer voll bunter
Tauben, der trommelnde Tauber, der schönen Kastanien=
blüten
Niedliche Pyramiden, der hohen Weiden am Dorfpfuhl
Erstes gelbliches Grün, und der wiederkehrende Kuckuk,
Der vernehmlich herüber vom andern Ufer des See's rief,
Alles war dann so herrlich, und Alles weckte zur Freude!
O! wie warst du so schön, wann die Fliegen der Stub' im
September
Starben, und roth die Ebreschen am Hause des Jägers
sich färbten;
Wann die Reiher zur Flucht im einsam schwirrenden
Seerohr,
Ahndend den Sturm, sich versammleten, wann er am Gitter
der Pfarre
Heulend die braunen Kastanjen aus platzenden Schalen
zur Erde
Warf, und die schüchternen Krammetsvögel vom Felde zu
Busch trieb;
Wann im November er Abends die Wetterdächer der
kleinen
Fenster zerrt' und nur selten die Wolken zerriß, daß der
Vollmond
Mahlt' ein Weilchen die Scheiben ab auf die Dielen der
Stube!

---
*) Rüster oder Ulme, Ulmus campestris Linn.

Froher alsdann als der Sperling im Dach, dem von hinten die Federn
Ueber's Köpfchen der Sturmwind blies, unterhielt ich so gerne
In dem rothen Kamine die Glut mit knitternden Spänen,
Die auf dem Hof' ich gesammelt, indessen die redliche Mutter
Spann, und dem lesenden Vater die wärmende Schnauße der Dachshund
Traulich über die Lende legte. Mit inniger Wolluft
Wandert' am Morgen ich dann durch deine Gassen, beluckte
Deine Zäune vom Regen geschwärzt, die zerbrochenen Aeste,
Und die Löcher im Sande, die Nachts vom Dache die Tropfen
Ausgehöhlt. O wie tanzte das Herz mir, so oft ich die Flocken
Rieseln hört' an den Scheiben des Nachts, und nicht wußte was Himmel
Oder Kirchdach sei, sobald ich am Morgen erwachte,
Um mit Hunden zugleich und hungrigen Dohlen die erste
Bahn zu machen. O Dorf! soll einst ich des ländlichen Friedens
Schmecken mit meiner Getreuen, so sei er ähnlich dem deinen.
Labe, mein Herz, auch entfernt, dich oft an der süßen Er=innrung!

IV.
21.
Mein Entschluß.

Allen Unfug, alle Bubenränke
Unter Menschen so mit anzuschaun,
Das ist schwer; gern möcht' ich sie bekehren,
Oder möchte, wollten sie nicht hören,
Fern mir in der Wüst' ein Hüttchen baun.
Doch das machte, wenn ich's recht bedenke,
Sie nicht besser, mich nicht froher, traun!

Der sich mästete vom Brodt der Waisen,
Satt sich schwelgte von der Wittwe Gut,
Der sich Recht und Unschuld zu verlachen
Niemals scheute, den zum Menschen machen
Kann nicht Zollikofers Rednerglut;
Weicher beizt ein solches Herz von Eisen
Keines frommen Gellerts Thränenflut.

Und zu ziehn in eine Waldkarthause
Mit dem Andachtsklöckchen und dem Kreuz,
Und mich dort in meinen Blütentagen
Von der Welt auf immer loszusagen,
Hat doch auch für mich so wenig Reitz:
Selten wohnt' in eines Siedlers Klause
Etwas mehr als Ruhmsucht oder Geitz.

Nimmer reizt ihr drum mit euren Sünden
Meine Gall', ihr Menschen, zum Pasquill,
Nimmer werd' ich in die Wüste gehen;
Hier auf meiner Stelle bleib' ich stehen,
Will euch ferner zusehn stumm und still,
Allenfalls die Augen mir verbinden,
Wenn mein Herz sich schnell empören will.

22.

Der Zufriedne.

❋

Wie bring' ich doch so froh und frei,
So mit zufriednem Sinn
In meiner kleinen Siedelei
Den Tag des Lebens hin!
Es gaukeln viel der eiteln Herrn,
Der Thoren um mich her;
Ich bleib' in meinem Winkel gern,
Und tausche nimmermehr.

In seinen Park, des Lärmens satt,
Flieht zwar der reiche Mann;
Doch sieht er nicht auf Blum' und Blatt,
Gaft nur den Schnirkel an.
Mir putzt Natur mein Gärtchen aus;
Mir gnügt der Göttin Gunst.
Drum mag ich kein Japanisch Haus,
Und keine Wasserkunst!

Auf weicher Eiderdaune schnarcht
Der Wuchrer, wachend halb;
Sein Blutgewinnst, mit dem er kargt,
Drückt schwerer, als der Alp;
Ich schlafe flugs und fröhlich ein,
Auch ohne weichen Flaum;
Mich drückt, Gottlob! kein Edelstein,
Kein Gold im schweren Traum!

Der Wüstling neu'ster Mode steckt
In feiler Dirnen Garn,
Liebt mit der Zunge, hüpft und leckt
Und tändelt sich zum Narrn.

Für meine Auserwählt' entglomm
Zu stiller Glut mein Herz,
Und ihre Seel' ist rein und fromm,
Und Treu' ist ihr kein Scherz.

Ihr prunkt, o Menschen, geckt, und rast;
Doch was gewinnt ihr? Spreu!
Ha! ganz ein andres Leben schafft
Mir meine Siedelei.
Und o! ein Weib, ein Weib ist mein,
Wie's keiner von euch fand:
Drum kann's für mich nur besser seyn
In jenem Vaterland!

25.

Du und ich.

Du hast der Röcke viel im Schrank,
Von goldnen Tressen schwer und blank,
Hanswurst hat sie nicht bunter;
Mein einz'ger Rock ist ziemlich grob,
Gold ist nicht drauf, dafür, Gottlob!
Ein gut Gewissen drunter.

Du bist bei deinem Koch in Mast;
Kaum trägt dein breiter Tisch die Last
Von Torten, Wild und Sülzen;
Gesunder bin ich, ohne Bauch,
Mit meinem Weibchen, wär' es auch
Bei Butterbrodt und Pilzen.

Dein Schloßpark, fürstlich ausgeputzt,
Bleibt dir, so viel dein Gärtner stutzt,
Doch freudenleer und öde:
Behalt ihn denn! nie geb' ich drum
Vom Fenster mein Basilikum,
Mein Töpfchen mit Resede.

Mit Reigerbüschen sucht dein Weib
Sich Buben auf, zum Zeitvertreib,
In Maskensaal und Bädern,
Mein Weibchen strickt so gern für sich,
Weiß nichts vom Reigerbusch, doch ich
Auch nichts von Hahnenfedern.

Du marterst dir dein Bißchen Hirn
Mit langer Weile Runzelstirn
Bis Mitternacht bei Karten;
Ich übe meine Pflicht im Scherz,
Und dann erquickt mir Sinn und Herz
Natur in ihrem Garten.

Empfindung ist dir Spott, du kannst
Mit Gut der Wittwe deinen Wanst
Mit Gut der Waise mästen;
O ließe Gott mir bis an's Ziel
Mein Bißchen Hab' und mein Gefühl,
Den Jammernden zu trösten!

O du, des Truges nimmer satt,
Horch! horch! wie deine Zunge glatt
Von Treu' und Glauben plaudert!
Ich fühle tief des Buben Schmach,
Der bald zu dem, was er versprach,
Die Achsel zuckt und zaudert.

Dereinst im letzten Augenblick
Fährst du empor, und bebst zurück
Vor Rechenschaft und Strafen;
Kein Bubenstück stört meine Ruh,
Ich mache froh mein Auge zu,
Zum Sterben nicht — zum Schlafen.

24.
An meine Wintermütze.
Im Frühjahr 1796.

Ruhe Du nun sanft im Eichenschrein;
Denn der lieben Sonne Frühlingsschein
Stimmt nicht wohl mit Deinen Zottelhaaren;
Habe Dank für Deinen treuen Dienst!
Selbst mein Weib, so drollig Du ihr schienst,
Läßt nun volles Recht Dir wiederfahren.

Hätt' ich Dich, o Freundin! nicht gehabt,
Wenn ich Sonntags durch den Schnee getrabt
Auf der falben Stute: beide Ohren
Hätt' ich sicher dann im letzten März
— Und der trieb wahrhaftig keinen Scherz —
Auf dem Weg nach Freudenberg*) verloren!

Jetzt vertausch' ich auf ein halbes Jahr
Mit dem grünen Gartenhut Dich zwar;
Doch nie werd' ich Deinen Werth verkennen;
Ehrerbietig such' ich Dich hervor,
Fangen im Oktober Nas' und Ohr
Mir bei'm Nordwind wieder an zu brennen.

---
*) Das Filialdorf von Werneuchen.

Unterdessen hüllt im Schranke hier
Liebchen Dich in Terpentinpapier
Vor den unverschämten, bösen Motten.
O gewiß! weil Du's so redlich meinst,
Trug der treuste von den Pudeln einst
Deine weichen, perlengrauen Zotten.

25.

An mein Reitpferd.

Braver Klepper, ohne Falsch und Tücken,
Immer munter, immer nett und glatt,
Der sein liebes Vaterland, Zweibrücken,
Mir zu Liebe gern vergessen hat;
Der, wiewohl noch jung, schier wie vernünftig
Seine Pflicht erfüllte, jahrelang;
O! auch Dein Gedächtniß daure künftig
Wenigstens so lang' als mein Gesang.

O! was hab' ich alles Dir zu danken!
Trag' ich je auch meine Schuld Dir ab?
Zum Gesunden machtest Du mich Kranken
Bald genug durch Deinen leichten Trab.
Daß der Plagegeist des Hypochonders
Von mir wich: o! keiner Badekur
Keiner Pillenschachtel, Dir besonders,
Treue Stute, Dir verdank' ich's nur!

Manche Gegend, die mein Herz vergöttert,
Hätt' ich, wandelnd, nimmermehr gesehn;
Doch Du trugst mich hin, und gern erklettert
Hast Du mit mir auch die steilsten Höh'n:

Ha! in manchen Busch, von Grau'n durchschauert,
Wild durchrankt von Werf und Hagedorn,
Wo kein Jagdhund je den Fuchs belauert,
Trugst Du gern mich ohne Peitsch' und Sporn.

Wenn auf fernem Pfad Gewitterblitze
Abends mich verfolgten, edles Pferd,
Wenn, verirrt, ich keines Kirchthurms Spitze
Mehr gesehn, und keine Uhr gehört,
Wenn ein Diebestrupp mir nachgepfiffen,
Auf mich lauernd in der Wildniß Nacht:
Ja! dann hast Du redlich ausgegriffen
Und gesund mich in den Hof gebracht.

Manchem Freunde, den des Schicksals Strenge,
Unerbittlich, weit von mir getrennt,
Hast Du gern mich, trotz des Weges Länge,
Zugeführt, trotz jedem Element:
Zugeführt mich, trotz der Lage Fesseln,
Meiner süßen Heimath, daß ich da
Wenigstens doch Einmal noch die Nesseln
An dem Grabe meines Vaters sah.

Wirst Du künftig älter seyn und steifer,
Ja dann taugst Du freilich nicht für mich;
Doch, verlaß Dich drauf! nicht jeder Käufer,
Ohne Unterschied, erhandelt Dich:
Wisse, keinem wütenden Tyrannen
Wirst Du dann zu Theil, der grausam droht,
Dich ins schwerste Karrenjoch zu spannen;
Lieber futtr' ich dich bis an den Tod!

V.

26.

Allgegenwart der Liebe.
An die Entfernte. 1792.

*

Wenn der Morgen Deine Scheiben röthet,
Wenn Du strickst auf Deinem Fenstertritt,
Und Dein Sprosser bang' im Käsich flötet:
O, dann horch, was all' er liebend litt;
    Meine Seele seufzet mit.

Wenn der West mit Liljenblüthendüften
Her vom Garten nicht ermüden kann,
Schmeichelnd Lock' und Schleier Dir zu lüften:
Laß ihn schmeicheln, Holde, laß ihn dann;
    Meine Seele haucht Dich an.

Wenn der Mond durch Regenwolken trübe,
Wie mein Aug' um Dich durch Thränen blinkt:
Du vor'm Hüttchen ruh'st: dann wiß', o Liebe!
Daß der Tropfen, der in Schoos Dir sinkt,
    Meiner Sehnsucht Thräne bringt.

Überall, im Sonnenschein und Regen,
Gleitet sehnsuchtsvoll Dein Liebling Dich,
Folgt Dir ungesehn auf allen Wegen,
Henriette, duld' und denk' an mich;
    Meine Seele schwebt um Dich.

27.

Liebe mit Thränen.

An Henrietten.

❧

Seit ich vor den Männern allen,
O du Holde! Dir gefallen,
Konnt' ich gleich vor Dir die Flecken
Meines Herzens nicht verstecken:
Wohnt bei himmlischem Entzücken
Stummer Schmerz in meinen Blicken,
Und ein niegestilltes Sehnen
Strebt aus dieses Schmerzes Thränen.

Deine Lieb' hab' ich errungen!
Ha! und hätt' ich tausend Zungen,
Nimmer könnt' ich dir verkünden
Meines Danks Gefühl; empfinden
Soll ich's nur, was in mir tobte,
Seit du mein bist, Hochgelobte!
Was wie helle Flammen lodert,
Und Dir Dank zu jauchzen fodert.

Ach! mit vollen Schlägen wallet
Dieses Herz von ihm; doch lallet
Leis' er nur von meiner Laute,
Und ich kann dir's, o Vertraute
Meiner Brust! hier nie enthüllen
Dieses Glutgefühl, nie stillen,
Was mich brennt: dieß ist mein Sehnen,
Dieß sind jenes Schmerzes Thränen:

Laß dann, laß mein Auge weinen!
Dort in Edens Rosenhainen,
Wo der Thränen Bäche stocken,
Werd' ich freier Dir frohlocken,
Laut zur Himmelsharfe danken.
Laß mich hier, der Erde Schranken
Wehren jenen Flammentrieben,
Holde! Dich mit Thränen lieben.

28.
Nach einer wohlgemeinten Entdeckung.

Endlich auch, nur freilich etwas später,
Als ich es erwartet, endlich auch
Wagt der schändlichsten Verläumdung Hauch
Sich an Ihre Tugend, rein wie Aether.

Konntest Du den Folterschmerz verschmähter
Gluth nicht sparen dem betrog'nen Gauch,
Hättest Du mit diesem Alltagsbrauch
Nur schon früher ihm gedient, Verräther? —

Was Dir fern, die Lästerzunge spricht,
Wohl Dir, gutes Mädchen, hörst Du nicht;
Ihr Gezischel soll nur mich betrüben.

Denn von nun an muß ich, weh mir, weh!
Ohne Hofnung, schmerzlicher, als je
Dich um Schönheit Deiner Seele lieben.

29.

Verschwiegener Schmerz.
Am Morgen Ihrer Abreise.
Im November.

Du siehst, es hüllt' in's weiße Kleid der Trauer
In der vergang'nen Nacht die Erde sich,
Verschwunden ist an unsrer Kirchhofsmauer
Das letzte Laub aus Sehnsuchtsgram um Dich.

Doch siehst Du nicht, wie wild, wie fürchterlich
In dieser Brust sich drängen Glut und Schauer!
Warum ach! war, zur Folterpein für mich,
Was ich gekostet, von so kurzer Dauer?

Zwar ist für mich Dein Herz wohl nicht so kalt,
Wie's manchem scheint, der, Holde, mich beneidet;
Gewiß, gewiß, Du fühlst es nur zu bald,

Daß unbeweint nie die Geliebte scheidet.
Doch — wohl Dir drum — Du ahntest die Gewalt,
Der Qualen nicht, die meine Seele leidet.

30.

Bitte der Kleinmuth.
An Henrietten.

Hör' ich guter Seelen Kummer,
Die auf Treu' umsonst gehofft:
Ahndet leis' auch mir im Schlummer
Trennung unsers Bundes oft.

O dann suchet Dich, dann sehnet
Meine Seele sich nach Dir;
Und von banger Ahndung thränet
Wachend noch mein Auge mir.

Sieh! die Thränen, die ich weine,
Fließen, Theure, doch um Dich:
Hilf mir Schwachen dann! erscheine
Mir im Traum, und stärke mich!
Lächle, duldend meine Mängel,
Ruh' und Trost auf mich herab;
O! und Deiner Unschuld Engel
Trockne mir die Thränen ab.

51.

Reue Bitte.

Du scheidest bald? wohlan, es muß gescheh'n!
Ich konnt' es wohl, doch wollt' ich's nicht vermuthen.
Nur Einmal noch, dann, Herz, magst du verbluten!
Nur einmal noch muß Dich mein Auge sehn.

Ja! lebten wir noch in der Zeit der Fee'n
Und Paladin', ich schifte kühn durch Fluten
Des Ozeans, um alle Drachenbruten
Für diese Wonn' im Kampfe zu bestehn.

Jtzt wird die Lift, die Weiber nie verläßt,
O Henriett' ich hoff', ich hoff' es fest,
Ein Mittel bald für meinen Wunsch Dich lehren!

Dann bleibe mir für meines Lebens Rest,
Wirst Du mir nur dieß Eine noch gewähren,
Die Zuflucht blos zum Troste stiller Zähren.

52.
Das Gärtchen der Liebe.

Was lieb sich hat mit Treuen,
Das sucht ein einsam Oertchen gern,
Wo's heimlich sich kann freuen,
Von Lärm und Lauschern fern.

Da hat's denn lieb im Stillen
So inniglich, so inniglich;
Da hat es seinen Willen,
Sein Wesen recht für sich.

Für sich in stiller Freude
Hat lieb das frohe Vögelein:
Die Lerch' auf öder Heide,
Der Elsterspecht im Hain,

Das Haselhuhn, der Trappe,
Der Kibitz und die Ent' im Moor,
Das Täubchen auf der Klappe,
Der Scheurenspatz im Rohr;

Das Alles hat sein Oertchen,
Wo's traulich gern beisammen ist;
Ich hab' ein heimlich Gärtchen
Mit Liebchen mir erkiest.

Das Gärtchen, still und friedlich,
Ist ohne Pracht so nett und traut;
Da hat die Liebe niedlich
Ein Hüttchen uns gebaut.

Wohl in dem Hüttchen wanken
Der wilden Gurke Ringelein,
Und um die Latten ranken
Sich Pfirsichlaub und Wein.

Was lieb sich hat mit Treuen,
Was gern ein Oertchen sucht für sich,
Wo's heimlich sich kann freuen,
Ist Liebchen auch und Ich.

Wir suchten solch ein Oertchen,
Und haben's nun für uns allein,
Das ist die Hütt' im Gärtchen,
Von Kürbislaub und Wein.

Viel guter Dinge schaffen
Wir da so manche liebe Zeit,
Fern von der Thoren Klaffen
In keuscher Seligkeit.

Was lieb hat treu und fröhlich
Auf Heid' und Flur, in Hof und Hain,
Ach! kann doch nie so selig,
Als wir im Gärtchen seyn.

55.
An Henrietten.
Im Juni, Abends um zehn Uhr in der Laube.

Duftend von den nahen Erdbeerbeeten
Schaukelt hier der West den wilden Wein,
Und die Kirschen, die schon halb sich röthen,
In des Mondes mattem Lampenschein.
Still und einsam wandl' ich auf und nieder,
Breche Rosen mir und weißen Flieder,
Holdes Mädchen! und gedenke Dein;

Denke, wie mit fröhlichem Gesange
Jetzt Du hüpfend in Dein Stübchen eilst,
Und vor bösen Fledermäusen bange,
Nur ein wenig noch am Fenster weilst;
Denke, wie Du schon der Zukunft Freude,
Wenn ich nicht, wie täglich, von Dir scheide,
Heimlich in Gedanken mit mir theilst;

Denke, wie Du meinen Blumenflocken,
Sie zu schonen, frisches Wasser giebst,
Und dann, müde, Deine blonden Locken
Unter's weiße Abendhäubchen schiebst;
Wie Du selbst im Traume dann, von hundert
Süßen Herrn umschmeichelt und bewundert,
Deinen Wilhelm doch nur einzig liebst.

O Du Theure! mit der Engelmiene,
Mit der schönen, himmlischen Gestalt,
Mit dem frommen Herzen, ach! erschiene
Doch die Stunde der Vermählung bald!
Seit ich Dich, Erwählte! Dich gewonnen,
Bleib' ich, dürft' ich's nehmen, gegen Tonnen
Goldes, gegen Kron' und Zepter kalt.

54.

Ein Lied für Liebesdichter.

✢

Über alles, alles werth und theuer
War das spröde Mädchen euch, ihr Herrn:
Wie erklang für sie so laut, so gern
Von der Liebe Glut die Leier;
Ach! und die verstummt, die Glut verglimmt,
Wann das Weib euch in die Arme nimmt.

Dann erschallen klagend eure Saiten
Von des Erdenlebens Eitelkeit,
Trauren um die kurze Herrlichkeit
Jener goldnen Knabenzeiten,
Wo ihr wahre Freude nur gekannt,
Die euch schnell, wie süßer Traum, verschwand.

Traun! die Zeit, da um der Mutter Nacken
Ich, im Schoos ihr sitzend, schlang den Arm,
Da ich gern vergaß mein Bißchen Harm,
Konnt' aus Sand ich Kuchen backen,
Oder reiten auf des Vaters Knie,
O! der frohen Zeit vergeß' ich nie.

Aber doch, seit mit dem Ring von Golde
Ich die Hand der Herrlichen gewann,
Seit zum ersten Male: lieber Mann!
Leise mich genannt die Holde;
Seit sie ihr Gesichtchen schnell versteckt,
Wann des Bundes Segen sich entdeckt;

Seit am Abend hinter'm grünen Schirme
Wir am Tischchen sitzen, Liebchen strickt,
Und mit bangem Auge nach mir blickt,
Sausen die Decemberstürme,
Mit dem weißen Arm mich fest umschlingt,
Und dann nickend in den Schoos mir sinkt.

Was, o was sind all' die süßen Freuden
Meiner Jugendjahre? Tand und Spiel!
Gegen dieser Wonnen Hochgefühl;
Keine Zeit wird dir's verleiden,
O mein Herz! mit Thränen bis an's Grab
Dankst du dem, der dir den Engel gab.

Sang ich nicht mit Jubel die Verlobte,
Von der Liebe Seligkeit durchglüht?
Sang ich nicht? Daß zeuge du, mein Lied!
Aber nimmer, nimmer tobte
Drang des Genius, wie itzt, in mir:
Tön', o Laute, dann von ihr! von ihr!

35.

Vaterländelei.

Ich hab' ein kleines Mädchen, das
Mir tausend Freuden macht und Spaß,
In seiner lieben Mutter Arm
So schelmisch lächelt, sonder Harm
Hervor die kleine Zunge streckt,
Sich hungrig oft am Daumen leckt,

Am Mutterbusen hurtig schluckt,
So gern nach Licht und Lampe luckt;
Nicht selten, wie ein Trinker pflegt,
Auf Einem Ohr ihr Mützchen trägt,
Nie Händchen hält noch Füßchen still,
So gern schon was erzählen will,
Und auf ein Haar, heraus damit!
Dem frohen Vater — ähnlich sieht.

36.
Der heilige Abend vor Weihnachten.

✶

Das Schneedach fegt des Sturmes Saus,
Die Ofenflammen zittern.
Die Kinder bleiben gern zu Haus',
Und denken nicht an schlittern*);
Denn sieh! der Abend graut,
Und Ruprecht kömmt; und baut
Für jedes bald ein Tischchen auf,
Und legt gar schöne Sachen drauf.

Im Nebenzimmer kramt er schon
Den Queersack aus und tuschelt.
Und horch! wie sacht er itzt davon
Entlang die Wände ruschelt!
Nun hebt der Jubel an,
Die Thür wird aufgethan:
Sieh da die Tischchen, weiß gedeckt,
Voll Kerzen, grün und roth gefleckt.

*) Schnelles Fortgleiten auf den zugefrornen Rinnsteinen oder Gossen, in den Straßen; eine sehr allgemein übliche Belustigung der märkischen Jugend.

Hinein stürmt Bub' und Mägdlein flugs,
Zu sehn, was ihm beschieden:
Vor allem prangt von grünem Bux
Ein Wäldchen Pyramiden
Mit goldnen Nüssen dran;
Hier nickt ein Sägemann,
Dort grünt ein Busch mit Lämmern drin,
Bewacht von Hund und Schäferin.

Nußknacker stehn mit dickem Kopf
Bei Jud' und Schornsteinfeger,
Hier hängt ein Schrank mit Kell' und Topf,
Dort hetzt den Hirsch der Jäger.
Hier ruft ein Kuckuck, horch!
Und dort spaziert ein Storch.
Mit Äpfeln prangt der Taxusbaum,
Und blinkt von Gold= und Silberschaum.

Zu Pferde paradirt von Blei
Ein Regiment Soldaten,
Ein Sansfaçon sitzt frank und frei
Gekrümmt und münzt Dukaten.
Und alles schmaust und knarrt;
Trompet' und Fiedel schnarrt.
Fern stehn die Alten, still erfreut,
Und denken an die alte Zeit.

Nun Mutter! ob dem lieben Brauch
Sei recht vergnügt und keife
Heut Abend nicht, du Vater auch,
Und bräch' auch deine Pfeife
In hundert Stücken heut,
Da Alles jauchzt und schrei't,
Und, weil so hell der Wachsstock brennt,
Voll Freuden durch einander rennt.

So geht's bis in die späte Nacht,
Und selbst das Kleinste hätte
Sie ohne Schlummer gern durchwacht;
Die Mutter ruft: zu Bette!
Und Jedes macht zur Ruh
Nur halb die Augen zu,
Und wünscht: o wär' es Morgen doch!
Und sieht im Traum die Lichter noch.

57.
Ermannung.

Wurde Dir der Treue schönster Lohn
Dort so früh, die hochverdiente Gabe? —
Henriette, Jahre sind entfloh'n,
Seit ich Dich nicht mehr am Herzen habe!

Oefter sproß auf Deinem stillen Grabe,
Seit Du schwandest, frischer Rasen schon;
Wankend ging ich, wie der Greis am Stabe;
Und verhallt war meiner Laute Ton.

Doch ich sollte nie sie wiedernehmen?
Glaub' und Hofnung wären schnöder Scherz,
Mir auf immer Lipp' und Hand zu lähmen? —

Sich ermannend, soll mein volles Herz
Von der Vorzeit tiefgefühlten Schmerz,
Von der Zukunft Wonnen überströmen.

38.

Todesursach.

❦

Um bis auf den Tod Dich zu zerquälen,
Dich und Deinen Säugling, ach! ersann
Jede Kunst die Bosheit roher Seelen,
Als der Feind das Vaterland gewann.

Ohne seiner Horden Wuth, — ich kann,
Darf es meinem Herzen nicht verhehlen —
Würdest Du Geliebte, Deinem Mann,
Deinen guten Kindern heut, nicht fehlen.

So zerrissen von Barbarenhand
Ward der höchsten Liebe selt'nes Band,
Das so fest um Dich und um die Deinen

Jahrelang sich in der Stille wand!
Trostlos kämpf' ich selbst: und o! die Kleinen
Hängen zwiefach sich an mich, und weinen.

39.

Nähe.

❦

Spricht die Geisterlippe zwar hienieden
Kein vernehmlich Wort mir für mein Leid;
Dennoch bist Du mir nicht ganz geschieden;
Denn Dich hemmen weder Raum noch Zeit:

O Dein Mitleid' meinem Gram geweih't,
Flößt allmählich in dieß Herz den Frieden:
Mein gedenkend, bist Du mir nicht weit,
Kühlest sanft die Stirn dem Reisemüden.

Geist der treuen Obhut, ohne Dich
Ginge nie, in Staub geworfen, ich
Sieggekrönt hervor aus diesem Streite!

Geist der treuen Lieb', umschwebe mich!
Bis zum Ziele, laß an meiner Seite,
Nahe laß mich ahnen dein Geleite.

40.

Aussicht.

Nimmer durch der Trennung schweren Traum
Kämpft' ich mich hindurch mit solcher Stille;
Trüge seiner Bürden Hälfte kaum,
Blüht' ich noch, wie sonst, in Jugendfülle.

Aber jetzt, so war es Gottes Wille,
Zischt mein Leben auf, wie leichter Schaum;
Daß er bald zum Anschau'n sich enthülle,
Wiegt mein Geist sich auf der Hofnung Flaum.

Wundgedrückt auf rauhen Felsenwegen
Seiner Wallfahrt, eilt der süßen Ruh
Bald der Fuß des müden Pilgers zu;

Eilt sein Herz mit Sehnsucht Dir entgegen;
Die Du seiner harr'st, Verklärte Du,
Dir getreu bis zu den letzten Schlägen.

41.

Gewährung.

Was Du vorgefühlt, es war kein Scherz!
Kommen sah' ich Deine Stunde, kommen,
Dich zu tragen in das Reich der Frommen;
Und vernichtet rief ich himmelwärts:

Soll es brechen, dieses treue Herz,
Soll es brechen, mir so früh genommen:
Gott! so sei das Flämmchen bald verglommen!
Gott! Gerechter! ohne langen Schmerz! —

Und Gewährung aus den lichten Höhen
Wiegte sanft, mit ihres Fittigs Wehen,
O so bald! Dich ein in tiefe Ruh'

O so bald war Alles überwunden!
In der letzten Deiner Leidensstunden
Küßten Engel Dir die Lippen zu.

42.

Himmelsfrieden.

Mitten in des graufen Krieg's Tumult
Trateft auf Du in der Menfchheit Orden:
Kaum zum erften Schlummer eingelullt,
Schreckten fchon Dich wilder Feinde Horden.

Unf'rer Hütte ftilles Glück fie morden
Sah'ft Du fpäter, mit uns, in Geduld:
Daß Dir hier dieß bitt're Loos geworden,
Armes Kind, es war nicht Deine Schuld. —

Was Dir diefe Welt verkümmern wollte,
Frommer Dulder, o! gewähren follte
Dir's der Himmel mit Gerechtigkeit:

Seinen Frieden follteft Du ertaufchen;
Seine Palmen follten dort Dir raufchen,
Wohlgetröftet nach der Erde Leid.

43.

Vollendung.

Was in Deinem Geifte tief geruh't,
Aus der Gottheit Fülle mußt' es ftammen:
Einzeln blitzten fchon, mit fchöner Gluth,
Hie und da empor des Witzes Flammen:

Und hinab in graufe Nacht zufammen
Sollte ftürzen diefes Himmelsgut?
Und hinab, zum öden Nichts, verdammen
Könnt' ein Gott es je mit fchnödem Muth?

Eingelegt von höchfter Allkraft Händen
War der Grund zum herrlichften Gebäu:
Und mit Einmal foll das Werk fchon enden? —
Fleuch, o Wahn! Daß Meifterwerk es fei,
Konnt' es dort, von aller Irrung frei,
Schön erwachfen nur und fchön vollenden.

44.

Der letzte Wunfch.

Was mir, würdig Herz und Geift zu heben,
Hier in diefer Wüfte noch gelacht:
Nach der treu'ften Pflege, hingegeben
Hab' ich's jüngft in theurer Gräber Nacht.

Was zurück ich laffe: mit Bedacht
Wird mir's nach zu höher'm Glücke ftreben.
Was ich konnte, hab' ich feft vollbracht:
Und fo nehme Gott dieß arme Leben.

O und Du, mir früh voran gereif't
In der Freude Land, beglückter Geift,
Nenne dort mit Sehnfucht meinen Namen:

Denn vielleicht in Kurzem ausgeweint
Hat mein Herz; und Wonnelohn vereint
Mich mit allen, die zur Freude kamen.

VI.

45.

An die Najade des Gesundbades zu Freienwalde.

(Als Herr O. C. R. Celler am 4. August 1799, bei unfreundlichem Wetter, sich auf dem halben Wege dorthin befand.)

Zum Verdruß für Deine siechen Schönen,
Deine kranken Stutzer, braun und blond,
Träufelte bisher Dein Horizont
Rings aus finstern Wolken kalte Thränen.

Aber heut — es fleht mit Schmeicheltönen
Dir die Laut' — erschein' er hell besonnt
Schon von weitem Ihm, der's nie gekonnt,
Seinen Geist an's Finstre zu gewöhnen.

O! laß ihn, für jedes Gute warm,
Laß, Najad', in wärm're Fluth ihn tauchen!
Laß den West von heut an wärmer hauchen!

Stärk' ihn, Göttinn, sanft in Deinem Arm
Ihm, so flehen Christ und Jude, tödte
Keine Zukunft der Gesundheit Röthe!

46.

An Frau Predigern Schultze in Döbritz.

(Als ich dieselbe den Tag darauf besuchen und kennen lernen wollte.) Im Juli.

Schwerlich ward wohl Einer noch geboren,
Der so innig, der so treu empfand
Für den Mann, den Du Dir auserkohren
Zum Gefährten durch dieß fremde Land,
Als der Sänger, der Dich heut, Vertraute
Seiner Brust! begrüßt mit froher Laute:

Immer gleich im Fühlen und im Streben,
Waren Eins wir von der Schulbank her.
Gönnt der Himmel mir ein läng'res Leben,
Bleibt mein Busenfreund nur Er, nur Er!
Und der Tod! — den müßt' ich wenig kennen,
Wähnt' ich je, er könnt' auf ewig trennen.

Kannst Du's meinem Vorsatz nun verargen·
Ohne Anstand meinem Amt und Pflicht
Vierundzwanzig Stunden abzukargen,
Um zu sehn Dein freundlich Angesicht?
Hätt' ein Unfall mir ein Bein genommen:
Selbst mit einem Stelzfuß würd' ich kommen!

Morgen, wann der Hahn kräht, laß' ich satteln;
Denn mein Pferd — ich hab' es selbst kein Hehl —
Schleicht bedächtlich, wie im Wald voll Datteln
In Arabia ein Lastkameel;
Schwerlich lenk' ich morgen viel vor Neune
Meinen Gaul um Deines Nachbars Scheune.

O! wie freu't mich's, daß im Hauskalender
"Abgekühlte Luft" auf morgen steht. —
Aber Weibchen! daß am Bratenwender
Meinetwegen nur kein Lamm sich dreht!
Und daß weder Du noch Deine Hanne
Zeit versäumen bei der Kuchenpfanne!

Raube Du das Leben, mir zu Ehren,
Brave Frau, selbst einer Taube nicht;
Denn ein Teller voll Johannisbeeren,
Und, wofern Du willst, ein klein Gericht
Eier, nebst Salat von Gartenkräutern,
Kann mich bis zum Ueberschwang erheitern.

Willst Du morgen waschen oder plätten*)?
Alles hindre, nur nicht mein Besuch!
Ja! die Leine zieh' ich, magst Du wetten?
Selbst zum Trocknen Dir geschickt genug;
Schrei't Dein Söhnchen? ohne Mißvergnügen
Hör' ich's an, und helfe selbst Dir wiegen.

Uebung macht uns klug; der Storch der Fabel
Bringt vielleicht nach wenig Monden schon
Auch mir selbst ein Wickelkind im Schnabel,
Das ich wiegen soll; doch mehr davon,
Wenn ich morgen vor des Heumonds Hitze
Neben Dir im Schirm der Laube sitze.

---
*) platten oder bügeln.

47.

An die Verfasserinn von Julchen Grünthal.
(Nach Lesung der dritten Ausgabe dieses Buchs.)

Nimm auch meinen Dank Du edles Weib! —
O! gewiß, auch meinem Kinde wären,
Ohne Grünthals väterliche Lehren,
Einst verpfuscht, verkrüppelt Seel' und Leib.

Spräch' itzt meine Tochter: „Vater, schreib
Einer Bonne, daß für höh're Sphären
Sie mich bilde;" würd' ich keck mich wehren,
Und zum Mädchen sagen: bleib! o, bleib!

Daß kein Dämon gleißender Romane,
Keine fürchterliche Mariane
Ihren Gifthauch Dir entgegen wehn!

Bis ein Mann, der Deiner werth gewesen,
Dich vor jedem Zerrbild auserlesen,
Soll Dir hier die Sonne untergehn.*)

48.

An den Maler, Herrn Beusinger.
(Als ich von demselben das Portrait meiner Mutter empfangen hatte.)

Das ist Sie, ja! — Dank Deinem Meisterstift,
Der o! so wahr, so unnachahmlich trift!
Wie reich bin ich durch Deine Kunst geworden!
Nur heut möcht' ich für Dich ein König seyn!
Die schönste Vill' im Lande wäre Dein,
Und, wolltest Du, der erste Ritterorden.

---
*) Bezieht sich auf die Titelvignette des ersten Theils von Julchen Grünthal. [Roman von Helene Unger.]

Ich ruf' entzückt — o! sähst Du es mit an! —
Ruf' alle die zum holden Bild' heran,
Die längst ihr Herz der guten Mutter gaben.
Versammelt steht vor Ihr mein ganzes Haus;
Der Junge selbst streckt seine Händchen aus,
Und will von meinem Arm, Sie lieb zu haben.

Wie mahnst Du mich, geliebtes Konterfei!
An jene Zeit, — sie flog zu schnell vorbei —
Da meinen Geist Sie früh zum Denken weckte,
Als nur ein einzig Mal, und öfter nicht,
Vor'm schwarzen Mann im Rauchfang das Gesicht
Ich in der Eil' in Ihren Schurz versteckte.

Einst strafte mich dieß Auge, treu und mild,
Wenn ich vielleicht in unserm Hof zu wild
Den Ball an's Fenster trieb; voll Ernstes blickte
Mich's oft am Morgen an, wenn unter'm Arm
Sie mir die Fibel gab, trotz meinem Harm,
Und, bimmelt' es, mich in die Schule schickte.

Dieß ist der Mund, der mir den Schlaf vertrieb,
Wenn Abends müd' ich mir die Augen rieb,
Der Mährchen mir voll Laun' und Witz erzählte,
Der, als erblaßt an jenem Thränentag
Mein braver Vater einst im Sarge lag,
Den Gram gestillt, der meine Brust zerquälte.

Drei Meilen zwar nur von Ihr selbst getrennt,
Drei Meilen nur, hab' ich's doch nicht gelernt,
Der Trennung Schmerz nur wochenlang zu tragen,
Jetzt werd' ich, Freund, bei jedem Morgengrauu
Beruhigter nach diesem Abbild schau'n,
Um lang' und oft viel Liebes ihm zu sagen.

Verhing' es einst das Schicksal über mich,
Daß meine Hütt' in Flammen stände, Dich,
O holdes Bild müßt' ich nur retten können,
Mit Weib und Kind! Kaum funfzig Kreutzer werth,
Ist, was mir sonst das Glück noch hat bescheert;
Das, wollte Gott es so, das ließ' ich brennen!

Und wär' es, Freund, daß dieses Angesicht
Die Zeit zerreißt, ihm Rahm und Glas zerbricht:
Das Urbild selbst werd' ich doch ewig haben!
Wir kennen ihn, den Weg in's beß're Land;
Wir halten Beid' uns fest an sich'rer Hand,
Ob sie zuerst mich oder Sie begraben.